COLONNELLO WILHELM WILLEMER

LA DIFESA TEDESCA DI BERLINO

PREFAZIONE DEL COLONNELLO GENERALE FRANZ HALDER

TRADUZIONE DI GIOVANNI ORO
2° edizione dicembre 2020

ISBN: 978-88-9327-5361 1a edizione: Dicembre 2019
Title La difesa tedesca di berlno (ISE-012) Di W.Willemer
Editor: Luca cristini editore. Cover & Art Design: L. S. Cristini.
Prima edizione 2014 a cura di Associazione Italia Storica - Genova

Un piano coerente e completo per la difesa di Berlino non venne in realtà mai preparato: tutto ciò che esisteva era la ferrea determinazione di Hitler di difendere la capitale del Reich. Le circostanze erano tali che lui non si preoccupò della difesa della città fino a quando non fu troppo tardi per ogni sorta di pianificazione avanzata. Pertanto la difesa della città fu caratterizzata da una massiccia improvvisazione. Queste rivelarono uno stato di confusione totale, in cui la pressione del nemico, combinata con il caos organizzativo da parte tedesca e la catastrofica carenza di risorse – sia umane che materiali – per la difesa di Berlino, provocarono infine un enorme disastro.

L'autore descrive questa situazione in maniera chiara e accurata, in cui io stesso mi posso riconoscere. Egli va oltre il semplice concetto di pianificazione e offre il primo resoconto della difesa di Berlino da parte tedesca ad essere basato su ricerche approfondite. Dal punto di vista della storia militare do grande importanza a questo studio, e concordo con le opinioni militari espresse dall'autore.

Foreign Military Studies
P-136
The German Defense of Berlin

Historical Division,
Headquarters US Army, Europe
1953

Colonnello Gunther Hartung. Il Colonnello Hartung è stato il coordinatore di un gruppo di collaboratori formato da otto ex commilitoni viventi a Berlino. Il loro contributo è stato da lui raccolto e pubblicato sotto suo nome negli studi di supporto.

Tenente Colonnello Ulrich de Maizière. Ex Ufficiale alle Operazioni dello Stato Maggiore dell'Esercito.

Colonnello Gerhard Roos, ex capo dell'Ispettorato alle fortificazioni.

Colonnello Hans-Oscar Woelhermann, ex comandante dell'artiglieria del *LVI Panzerkorps*.

In aggiunta ai nomi sopraccitati, che hanno compilato i loro rapporti nei propri domicili, sono incluse le seguenti persone:

Dal Comando Supremo dell'Esercito (*Oberkommando Heer*), il Maggiore Generale Erich Dethlefsen, il Maggiore Generale Illo von Trotha, il Colonnello Bogislaw von Bonin, il Colonnello Karl W. Thilo.

Dal Gruppo d'Armate "Vistola" (*Heeresgruppe "Weichsel"*), il Colonnello Generale Gotthard Heinrici, il Colonnello Eismann.

Dall'Esercito di Riserva (*Ersatzheer*), il Maggiore Generale Laegeler.

Dal Quartier Generale del III Corpo d'Armata[1] (*Stellvertretendes Generalkommando der III Armee-Ersatz-Korps*): il Tenente Generale Helmut Friebe, il Tenente Colonnello Mitzkus.

Il Comandante dell'Area di Difesa di Berlino; il Tenente Generale Helmuth Reymann; il suo Comandante dell'Artiglieria: Tenente Colonnello Edgar Platho.

Dal Quartier Generale della *Wehrmacht:* il Maggiore Pritsch, il Tenente Colonnello Karl Stamm.

Dalla *Luftwaffe:* il Colonnello Gerhardt Trost.

Dall'Ufficio Armi: il Capo Tecnico (Maresciallo) Schmidt.

Dal Partito: il Dr. Hans Fritsche.

---

[1] Ogni *Wehrkreis*, o Distretto d'arruolamento, era sotto il comando di un Quartier Generale di Corpo d'Armata. In tempo di guerra il Quartier Generale veniva inviato sul campo e veniva sostituito nel *Wehrkreis* da un altro Quartier Generale di Corpo d'Armata, NdC.

Altri consulenti sono stati: il capo della Polizia di Berlino, Colonnello Krich Duensing, e numerosi veterani dei combattimenti, da comandanti di Plotone a Comandanti di Reggimento, inclusi membri comandanti di unità appartenenti ad organismi come la *Volkssturm,* e il servizio per la protezione degli impianti.

Il General der Artillerie Helmuth Weidling, comandante il LVI Panzerkorps e dell'Area di Difesa di Berlino.

Capitolo 1
Introduzione

La ricerca collegata all'argomento in esame si è mostrata insolitamente difficile. Fin quasi dall'inizio è stato evidente come non fu mai realizzato nessun piano strategico a lungo termine per la difesa di Berlino; al contrario, tutti i piani vennero dettati dall'evolversi momento per momento della situazione.

Questa pianificazione fu il prodotto della collaborazione delle più varie autorità:

(1) Hitler,
(2) l'Alto Comando dell'Esercito,
(3) l'Esercito di Riserva,
(4) il Gruppo d'Armate "Vistola",
(5) il Partito Nazista, il Commissario per la difesa nazionale.

Le agenzie responsabile per portare avanti i piani difensivi erano:

(1) il Quartier Generale del III Corpo d'Armata,
(2) il Comandante dell'Area Difensiva di Berlino,
(3) unità di tutte le componenti della *Wehrmacht*, delle SS, e della Polizia
(4) le organizzazioni di Partito.

L'autore ha dovuto, pertanto, tentare di trovare del personale proveniente da tutte le organizzazioni sopra indicate, e che fosse in grado di dargli le informazioni necessarie. In nessun documento o altro materiale scritto, e in nessuna pubblicazioni posteriori alla fine della guerra sono state trovate delle informazioni che potessero venire ritenute valide ai fini di questo studio.

La sola via rimasta all'autore era quindi il cercare di ottenere le informazioni necessarie dal maggior numero possibile di persone che avevano partecipato alle operazioni. Quasi tutte le risposte erano basate sulla memoria, e solo un pugno di testimoni conservava degli appunti scritti all'epoca dei fatti. Di conseguenza, i dati così ottenuti devono essere confrontati tra di loro e, dove necessario, corretti con il supporto di altri testimoni.

Il Tenente Generale a riposo Reymann, che fu comandante dell'Area di Difesa di Berlino tra l'8 marzo e il 22 aprile 1945, ha preferito non collaborare per motivi di principio[2]. Il lavoro è stato pertanto completato senza la sua assistenza. In seguito, tuttavia, su richiesta personale dell'autore, il Generale Reymann ha controllato il manoscritto in cerca di errori evidenti. La bozza è stata esaminata anche dal Colonnello Generale Heinrici, ex comandante del Gruppo d'Armate "Vistola". Si ritiene pertanto di aver raggiunto un accettabile grado di accuratezza. È tuttavia possibile l'esistenza di alcuni errori nei dettagli e non si è potuto fare luce in alcune contraddizioni, che sono comunque segnalate nelle note.

---

[2] Alcuni Ufficiali tedeschi hanno rifiutato di collaborare con l'Ufficio Storico dell'*US Army* fino a quando alcuni loro colleghi si troveranno sotto processo per crimini di guerra.

Per aiutare il lettore, il testo è accompagnato da:

a) Una cronologia del corso degli eventi.
b) Mappa 1: che descrive la distribuzione delle forze tedesche il 14 aprile 1945 prima dell'inizio dell'offensiva sovietica su larga scala lungo l'Oder.
c) Mappa 2: che descrive le principali linee d'avanzata sovietiche.

Per prepararsi a questo studio, l'autore ha acquisito una conoscenza approfondita del corso delle operazioni di combattimento. Ci è sembrato opportuno non trascurare di presentare tali nozioni, cosicché un breve riassunto delle operazioni è inserito alla fine dell'articolo.

31 gennaio 1945
Deboli forze motorizzate sovietiche penetrano attraverso il ghiaccio sull'Oder, nei pressi di Strausberg. Berlino viene messa in allarme.

Febbraio-marzo
Vengono approntate linee difensive lungo l'Oder.

Primi giorni di febbraio
Il Generale di Fanteria von Kortzfleisch, Generale Comandante del Quartier Generale del III Corpo d'Armata, e allo stesso tempo comandante dell'Area di Difesa di Berlino, viene sostituito dal Tenente Generale Ritter von Hauenschild.

22 marzo 1945
Il Colonnello Generale Heinrici assume il comando del Gruppo d'Armate "Vistola".

29 marzo 1945
Il Colonnello Generale Heinz Guderian, Capo dello Stato Maggiore Generale dell'Esercito (*Chef des Generalstabes des Heeres – OKH*), viene sostituito del Generale di Fanteria Krebs.

12-15 aprile 1945
I sovietici effettuano attacchi preliminari per allargare la testa di ponte di Küstrin.

16 aprile 1945
I sovietici iniziano un'offensiva su larga scala dalla testa di ponte di Küstrin e attraverso il fiume Neisse.

18 aprile 1945
Il contrattacco della *18. Panzergrenadier-Division* fallisce, il fronte crolla sia sull'Oder che sul Neisse.

19 aprile 1945
Berlino viene posta sotto il comando del Gruppo d'Armate "Vistola". Il Gruppo d'Armate assegna all'*Oberguppenführer* delle SS Steiner il compito di proteggere il canale Hohenzollern, e chiede invano il ritiro dell'ala destra e del centro della 9ª Armata dall'Oder. I sovietici si spingono in avanti da sud nelle retrovie della 9ª Armata, verso Berlino.

20 aprile 1945
I sovietici raggiungono Baruth da sud. A est di Berlino un altro contrattacco da parte della *18. Panzergrenadier-Division* e dalle *SS-Panzergrenadier-Division "Nordland"* e *"Nederland"* fallisce. Il Gruppo d'Armate "Vistola" ordina a tutte le unità disponibili di schierarsi fuori Berlino in posizione difensiva. Hitler decide di rimanere a Berlino. I sovietici lanciano un'offensiva a sud di Stettino.

21 aprile 1945
I sovietici raggiungono Zossen, Erkner e Hopegarten.

22 aprile 1945
I sovietici raggiungono il canale Teltow da sud presso Klein-Machnow, i sobborghi cittadini di Pankow e Weissensee da est, attraversando il fiume Havel a nord di Spandau. Il Tenente Generale Reymann è rimpiazzato dal Colonnello Kaether. Il Gruppo d'Armate "Vistola" è esonerato dal comando della piazza di Berlino, e la città è posta sotto il comando diretto di Hitler. Hitler trasferisce la Divisione *"Nordland"* a Berlino. Il Gruppo d'Armate Vistola ordina a Steiner di lanciare un attacco di supporto. Il *LVI Panzerkorps* riceve l'ordine di dirigersi a Berlino, ma si ritira invece verso sud.

23 aprile 1945
I sovietici attaccano lungo il canale Teltow, di fronte a Friedrichshain, e vicino Tegel. Il Tenente Generale Weidling viene nominato comandante dell'Area Difensiva di Berlino, e vi trasferisce il *LVI Panzerkorps*. L'Alto Comando dell'Esercito e l'Alto Comando della *Wehrmacht* lasciano Berlino. Hitler ordina alla 12ª Armata di attaccare da sud est in direzione di Berlino.

24 aprile 1945
I sovietici attraversano il canale Teltow. Duri combattimenti si svolgono nella parte orientale della città. I sovietici avanzano verso ovest da Spandau e isolano Berlino da occidente. Le truppe di Steiner, dopo avere attaccato conseguendo qualche successo iniziale, sono costrette a ritornare sulle posizioni di partenza.

25 aprile 1945
I sovietici sfondano a sud di Stettino.

24 aprile - 1° maggio 1945
I difensori di Berlino svolgono diverse azioni di rallentamento.

29 aprile 1945
La 12ª Armata raggiunge Beelitz-Perch. Il Colonnello Generale Heinrici è sollevato dal comando del Gruppo d'Armate "Vistola".

30 aprile 1945
Hitler si suicida, i rimanenti elementi della 9ª Armata riescono a sfondare per congiungersi con la 12ª Armata.

1° maggio 1945
Iniziano i negoziati per la resa. Alcuni elementi della guarnigione di Berlino cercano di fuggire.

2 maggio 1945
Berlino si arrende.

CAPITOLO 2
I VARI PUNTI DI VISTA

I
GENERALE

La decisione di difendere Berlino fino all'ultimo uomo fu di cruciale importanza sia per gli uomini coinvolti che, a maggior ragione, per i milioni di abitanti della città. Una attenzione speciale deve essere data alle autorità di comando che presero questa decisione e decisero di portarla avanti, così come a coloro che la contrastarono. Solo in questo modo si può avere una visione completa dei piani preparati per la difesa della città.

II
HITLER

Per Hitler la difesa di ogni città era importante, così era per lui ovvio che la capitale del Reich dovesse venire difesa. Le considerazioni umanitarie non lo riguardavano: al contrario, affermò in numerose occasioni che il popolo tedesco, se sconfitto, lo sarebbe stato perché indegno di sopravvivere alla lotta.

Negli ultimi mesi il pensiero della sua stessa caduta non poteva essere stato completamente assente dalla mente di Hitler.

D'altro canto, sembra che fino all'ultimo minuto egli non abbia perso la speranza che un cambio di fronte degli alleati occidentali avrebbe cambiato il corso della guerra. Questa speranza è presente in diverse affermazioni del *Führer*.

Hitler era un sostenitore della difesa fino all'ultimo uomo, specialmente all'interno delle città. Un supporto a questa sua idea sembrava venire fornito dalla difesa da parte sovietica delle città di Leningrado e di Stalingrado e di Breslavia da parte tedesca. In ogni caso, in questa fase della guerra, non era più possibile implementare un piano strategico per la difesa di Berlino.

Hitler dichiarò Berlino una posizione fortificata all'inizio di febbraio[3]. In virtù di questo proclama, e dell'ordine in base al quale tutte le misure difensive per la città dovessero passare da lui, Hitler si assunse la piena responsabilità per la difesa di Berlino.

Fino a quando i sovietici non raggiunsero l'Oder alla fine del gennaio 1945, non venne preso alcun provvedimento per la difesa di Berlino. Alcune misure di sicurezza erano state prese, prima di questa data, dal comando della *Wehrmacht*, ma servivano solo per contrastare eventuali problemi interni, che potevano essere portati avanti dalla massa di lavoratori stranieri presenti dentro e fuori la città.

Adesso Hitler ordinava la costituzione, il rifornimento, e la distribuzione tattica di una guarnigione interna, ma fallì nella preparazione di un piano coerente di difesa con le forze che avrebbero dovuto difendere Berlino. Le forze di sicurezza presenti in città erano troppo deboli per potere offrire una resistenza prolungata, inoltre le migliori e meglio addestrate unità della guarnigione erano state trasferite fuori dalla città, lungo l'Oder.

---

[3] La data esatta non può essere determinata dalle fonti documentarie disponibili.

Quindi la definizione delle forze che avrebbero dovuto difendere la città era interamente sottoposta all'improvvisazione dei comandanti.

Hitler informò il Tenente Generale Reymann, comandante della difesa di Berlino, che nel caso di una battaglia per la capitale, sarebbe stato disponibile un numero adeguato di uomini provenienti dalle unità al fronte. Un piano basato su questa "garanzia" naturalmente conteneva un'elevata dose di incertezza, perché era impossibile sapere quante truppe provenienti dal fronte orientale sarebbe stato possibile schierare né in che condizioni sarebbero state queste unità. Dal Gruppo di Armate "Vistola" non venne alcuna rassicurazione sul fatto che queste truppe sarebbero state effettivamente fornite.

All'inizio, la prima linea di difesa di Berlino era stata stabilita sull'Oder, e si tentò di rinforzare questa linea il meglio possibile. All'inizio di aprile, alla domanda del Gruppo d'Armate "Vistola" su quale fosse il piano per difendere Berlino, gli fu comunicato che la 3ª Armata *Panzer* avrebbe dovuto tenere la linea del basso Oder il più a lungo possibile, mentre il Gruppo d'Armate ripiegava con la 9ª Armata che avrebbe dovuto tenere i canali tra Eberswalde e la foce dell'Havel per formare una sacca difensiva settentrionale [*Kessel* nell'originale, NdT] tra il ramo inferiore dell'Elba e l'Oder. Non è necessario discutere in questa sede le possibilità di difendere una sacca così estesa. È importante notare, tuttavia, come fu ordinato al Gruppo d'Armate di non includere Berlino nei suoi piani difensivi, così come di non inviare truppe per la sua difesa. Una grande sacca difensiva meridionale sarebbe stata formata assieme a quella settentrionale. Per se stesso Hitler intravedeva la possibilità di ritirarsi nella "Fortezza alpina bavarese".

In ogni caso non si deve ritenere che se questo piano fosse stato portato avanti, Berlino non sarebbe stata abbandonata senza combattere. Piuttosto la difesa della città sarebbe stata portata avanti secondo le linee guida già impiegate per diverse altre città da forze radunate in base alle varie circostanze. In ogni caso, con l'assenza di Hitler, il Gruppo d'Armate "Vistola" e il comandante della Zona d'Operazioni avrebbero avuto una certa libertà di manovra.

Quando il collasso del fronte sull'Oder divenne evidente, Hitler cercò disperatamente di chiudere il varco creatosi tra le linee dando ordine di attaccare, ma anche lui fu costretto ad ammettere che i difensori non avevano successo nel tentativo di arrestare le punte avanzate sovietiche attaccanti; Tuttavia, era ancora possibile, fino al 19 aprile, il ritirare un considerevole numero di uomini della 9ª Armata dai punti della linea dell'Oder che ancora controllavano verso Berlino. Hitler, invece, respinse fermamente tutte le richieste che il Gruppo d'Armate "Vistola" gli inviava in tal senso giornalmente (e che erano ispirate da altre considerazioni che non la difesa della capitale del Reich). A nessuna unità venne ordinato di difendere la città fino al 23-24 aprile; fino ad allora solo le unità del *LVI Panzerkorps* stavano combattendo nei sobborghi cittadini. Ma a questa data i sovietici, erano già penetrati in città da diverse direzioni, rendendo pressoché impossibile che le unità assumessero le posizioni difensive previste lungo il perimetro cittadino.

Intorno al 20-22 aprile, sembra che Hitler si fosse reso conto che la fine era vicina, in ogni caso il 20 aprile comunicò la sua decisione di rimanere in città. Così, sotto l'influenza del suo entourage, sembrò riprendere coraggio, e decise di continuare la lotta per la difesa della capitale e ordinando allo stesso tempo, attacchi di supporto da ovest e da sud. Un fattore motivante di queste decisioni era ancora una volta la speranza di un cambio di campo degli alleati occidentali. La difesa della città a partire dal 23 aprile si mostrò così particolarmente rigida.

Solo dopo che gli attacchi di supporto si dimostrarono inefficaci, e che truppe sovietiche e americano si furono incontrate presso Torgau senza scontrarsi come aveva sperato Hitler, che lui ammise la sconfitta e si suicidò. Prima di morire, Hitler inviò ordini scritti al comandante dell'Area di Difesa, lasciandolo libera di cercare di sfondare le linee sovietiche e di abbandonare la città, ma vietandogli la resa. Per alcune ore Goebbels, nel suo ruolo di Ministro del Reich ancora presente a Berlino, seguì le orme di Hitler e vietò ogni tentativo sia di sfondamento che di resa. Apparentemente cercò nelle ultime ore di negoziare la resa con i sovietici a condizione che questi riconoscessero un nuovo governo di cui lui sarebbe stato parte. Quando questi tentativi fallirono si suicidò a sua volta. Oltre al fatto che il comportamento di Hitler non mostra, da parte sua, alcuna assunzione di responsabilità nei confronti del popolo tedesco come entità, ci sono elementi che indicano come in quei giorni egli non fosse più razionale. La sua stima dei mezzi a sua disposizione e della forza combattiva del nemico appare irrealistica. D'altro canto, dal punto di vista medico, non lo si può definire folle. Fino alla fine riuscì a mantenere il suo potere e la sua autorità di comando. L'idea che potesse avvenire una rivolta per portare la città alla resa non fu mai presa in considerazione dai più vicini collaboratori di Hitler, in quanto il loro destino era completamente associato con il suo. Al di fuori di questo cerchio, la rivolta era completamente fuori questione a causa delle misure di sicurezza attuate e della dispersione della linea di comando.

III: L'ALTO COMANDO DELL'ESERCITO

Anche l'Alto Comando dell'Esercito (*Heer*) fallì a sua volta nella preparazione di un piano per la difesa di Berlino. Questo avvenne anche a causa del comprensibile e logico desiderio di evitare un combattimento all'interno della città. Nella mente di Hitler prendere misure difensive ad ovest dell'Oder, mentre il fronte era ancora lungo la Vistola, sarebbe stato visto come disfattismo, inoltre dopo l'allontanamento del Colonnello Generale Guderian, l'Alto Comando divenne una semplice agenzia dedita a trasmettere gli ordini di Hitler. L'Alto Comando della *Wehrmacht* era ridotto a questa funzione oramai già da molto tempo.

IV. IL GRUPPO D'ARMATE "VISTOLA"

Il Colonnello Generale Heinrici, comandante del Gruppo d'Armate "Vistola", aveva oramai da molto tempo pianificato la sua linea di condotta. Supponendo che la guerra sarebbe finita poco dopo il collasso del fronte dell'Oder, la sua prima preoccupazione era innanzitutto salvare il maggior numero possibile dei suoi uomini dalla prigionia sovietica spostando le sue truppe verso la zona oramai in procinto di venire occupate dagli alleati occidentali, e , secondariamente, di proteggere, per quanto possibile, la popolazione civile da ulteriori perdite sia di vite che di beni materiali.
Secondo questo punto di vista, una battaglia per la difesa di Berlino doveva essere evitata ad ogni costo, e il Gruppo d'Armate fece tutto il possibile in questo senso.
All'inizio il Gruppo d'Armate "Vistola" fu d'accordo con la decisione di Hitler di trasferire tutte le unità disponibile lungo l'Oder. In un piano che prevedeva la formazione di una sacca settentrionale e una meridionale, il Gruppo d'Armate vedeva la possibilità di muovere la 9ª Armata ad ovest di Berlino aggirandola da nord-ovest. Tale prospettiva

fu enfaticamente raccomandata alla 9ª Armata, infatti, in base a queste raccomandazioni i servizi logistici dell'Armata non necessari al combattimento vennero inviati in Meclenburgo.

Indubbiamente, per le unità da combattimento della 9ª Armata, sarebbe stato difficile adempiere alla riuscita del piano, in quanto l'offensiva sovietica era prevista lungo la sua ala sinistra, che era il perno per ogni ritirata dell'Armata verso nord-ovest. Per consentire lo sganciamento, il Comando dell'Armata schierò le sue riserve mobili dietro l'ala sinistra, assegnandole il compito di svolgere un'azione di retroguardia sul fianco sinistro.

Se il centro e l'ala destra si fossero ritirate in tempo, e fosse stato fatto pienamente uso delle posizioni difensive preparate, sarebbe stato certamente possibile salvare il nucleo della 9ª Armata e preservare la coesione del Gruppo d'Armate. Quando l'offensiva sovietica prese forma, il Gruppo d'Armate ordinò al Comandante dell'Area di Difesa, il Generale Reymann, di trasferire tutte le unità pronte al combattimento fuori dalla città nelle posizioni difensive a oriente di Berlino. Queste truppe non sarebbero così state disponibili per la battaglia all'interno della città. Una penetrazione in questa linea difensiva avrebbe inoltre provocato la caduta della città senza alcun serio combattimento e alla popolazione sarebbero stati risparmiati gli orrori della lotta. Il Gruppo d'Armate stimò che, in questa maniera, le prime unità meccanizzate sovietiche avrebbero potuto essere di fronte alla Cancelleria al più presto per il 22 aprile. Tuttavia, gli ordini del Gruppo d'Armate furono eseguiti solo parzialmente: solo circa trenta Battaglioni lasciarono la città, e il Generale Reymann spiegò che ciò era dovuto alla mancanza di mezzi di trasporto sufficienti e delle misere condizioni delle unità al suo comando. In questo modo il nucleo delle forze di sicurezza rimase in città.

Le intenzioni del Gruppo d'Armate di impedire che alcun elemento della 9ª Armata raggiungesse Berlino furono frustrate. Hitler, senza consultarsi né informare sia la 9ª Armata che il Gruppo d'Armate, ordinò al *LVI Panzerkorps* di ripiegare su Berlino. Le richieste da parte del Gruppo d'Armate che il nucleo della 9ª Armata venisse salvato dall'accerchiamento sull'Oder centrale e si ritirasse verso sud, vennero ignorate. Al contrario, gli ordini emanati direttamente dal Führer ordinavano nella maniera più perentoria possibile di tenere la linea dell'Oder.

Il 22 aprile la 9ª Armata, da parte sua, aveva ordinato al *LVI Panzerkorps* di tentare di collegarsi con l'Armata a sud est di Berlino, e contemporaneamente il Generale Weidling, comandante di questa unità, ricevette il primo ordine dal Führer di ripiegare su Berlino. Il Generale Weidling decise di ignorare quest'ordine, e cercò di congiungersi a sud con la 9ª Armata. Fu solo quando l'ordine venne ripetuto il 23 aprile, che il *LVI Panzerkorps* iniziò a dirigersi verso la città secondo gli ordini.

Dopo che l'accerchiamento della città fu completato, Hitler ordinò degli attacchi di supporto con l'obbiettivo di salvare Berlino. Questi attacchi dovevano essere portati avanti dalla 9ª Armata da sud e dalla 12ª da ovest e dal resto del Gruppo d'Armate Vistola da nord. Il Gruppo d'Armate doveva inviare tutte le unità disponibili all'*Obergruppenführer* Steiner a ovest di Oranienburg per un attacco sulla direttrice Berlino-Spandau. Su quest'ordine si giunse ad una nuova divergenza di opinioni tra il Comando del Gruppo d'Armate e Hitler.

Il Colonnello Generale Heinrici, infatti, valutò che l'attacco non avesse la minima possibilità di successo. Conseguentemente, valutando la situazione, ritenne che concentrare tutte le forze disponibili a Oranienburg, come ordinato, avrebbe portato alla distruzione sia della 3ª Armata *Panzer* che del *Gruppe Steiner*, in quanto le linee della 3ª Armata *Panzer* erano già state sfondate a sud di Stettino da forti forze corazzate sovietiche. Nella sua opinione la formazione di un gruppo di unità a ovest di Oranienburg era tatticamente desiderabile; non per attaccare Berlino, ma per proteggere il fianco della 3ª Armata *Panzer,* per rendere possibile il suo ripiegamento verso ovest (circa 250 chilometri a piedi), o per estendere la protezione sul fianco da Oranienburg fino alla congiunzione dei fiumi Havel ed Elba, dal momento che un offensiva sovietica nelle retrovie di quel settore e in direzione di Amburgo stava cominciando a prendere forma in quell'area.

La divergenza dei punti di vista portò ad un duro scontro tra il Gruppo d'Armate e il Feldmaresciallo Keitel, che ordinava di tenere il fronte orientale e di attaccare nei pressi di Oranienburg. Il Feldmaresciallo Keitel sollevò Heinrici dal comando il 29 aprile, ma la ritirata verso ovest era tuttavia già in corso, cosicché fu possibile per il successore di Heinrici di salvare il nucleo della Gruppo d'Armate lasciandolo catturare dagli alleati occidentali.

V: CONCLUSIONI

Questo esame dei vari punti di vista mostra come Hitler e l'Alto Comando dell'Esercito non avessero una opinione comune, riguardo la difesa di Berlino. Ma, a parte la preparazione dei piani e la distribuzione delle poche risorse disponibili, la conduzione delle operazioni era completamente dipendente dalla situazione per come era stabilita dalle attività dei sovietici. Il punto di vista del Generale Heinrici, non poteva prevalere in quanto egli non aveva l'autorità nel luogo e nel momento decisivo. Su questo argomento verrà detto di più nel prossimo capitolo.

Il Generale Gotthard Heinrici, comandante il Gruppo d'Armate "Vistola".

CAPITOLO 3
PIANIFICAZIONE ORGANIZZATIVA

I: GENERALE

È comunemente noto che la condotta tedesca della guerra, fu caratterizzata dalla disorganizzazione dei vertici militari, disorganizzazione che aumentò con il progredire della guerra.
I vari teatri di guerra erano divisi tra l'Alto Comando della *Wehrmacht* e l'Alto Comando dell'Esercito. Anche dopo che il fronte occidentale e il fronte orientale diventarono sempre più vicini, non venne sviluppato un piano coordinato per la condotta della guerra. Il Capo dello Stato Maggiore Generale dell'Esercito era responsabile attraverso il Reparto Operazioni per le sole operazioni sul fronte orientale, invece, gli altri reparti, sempre sotto il comando dello Stato Maggiore Generale, come le branche Organizzazione, Trasporti, Trasmissioni, Rifornimento e Amministrazione, erano responsabili per le loro attività su tutti i fronti.
Hitler interferì seriamente con la catena di comando dell'Esercito emettendo ordini diretti alle varie unità sul campo. D'altra parte non esisteva nessuna procedura chiara e definita per la cooperazione dei reparti che formavano la *Wehrmacht*, ossia la *Heer*, la *Luftwaffe*, la *Kriegsmarine* e le SS, ognuna delle quali operava indipendentemente a detrimento delle Forze Armate nel loro complesso. L'Organizzazione Todt, e a un livello più basso, il Servizio del Lavoro del Reich, seguivano le direttive militari solo entro certi limiti. La mancanza di coordinamento tra la *Wehrmacht* e il Partito generò forti tensioni. La causa di questa confusione nella definizione dell'autorità, che era espressione di una profonda disorganizzazione morale, aveva le sue origini nella profonda sfiducia di Hitler verso i suoi Generali e verso lo Stato Maggiore. Hitler cercava, dividendo l'autorità, di mantenere le redini del comando ben salde nelle sue mani.
Queste circostanze erano destinate ad avere effetti fatali sul piano difensivo e sulla battaglia per la difesa della capitale, la sede di tutte le principali agenzie del governo. È un principio militare basilare che in questi casi l'autorità militare deve essere il più possibile concentrata nelle mani del comandante responsabile per la difesa. A Berlino invece questo principio fu disatteso in maniera ancora maggiore di quanto non si fosse già visto a Breslavia e a Königsberg.

II: AGENZIE MILITARI CHE PRESERO PARTE ALLA DIFESA

Fino al 1° febbraio 1945, i fabbisogni militari della città di Berlino erano responsabilità del Quartier Generale di zona della *Wehrmacht*. Questo Quartier Generale era subordinato al Quartier Generale del III Corpo d'Armata, e più tardi all'Esercito di Riserva. L'Esercito di Riserva non era subordinato direttamente all'Alto Comando dell'Esercito, bensì all'Alto Comando della *Wehrmacht*. Il comandante dell'Esercito di Riserva era il *Reichsführer* delle SS Heinrich Himmler.
Quando all'inizio di febbraio Berlino venne dichiarata una città fortificata *(Festung),* il Quartier Generale del III Corpo d'Armata, pur mantenendo le sue precedenti funzioni, fu designato quale "Comandante dell'Area di Difesa di Berlino". Inizialmente il coman-

dante fu il Generale di Fanteria von Kortzfleisch, il quale, all'inizio di febbraio, fu sostituito dal Tenente Generale Ritter von Hauenshild.

Sotto il suo successore, il Tenente Generale Reymann, l'ufficio del "Comandante dell'Area difensiva di Berlino" venne separato dal Quartier Generale del III Corpo.

Il 19 aprile il Comandante dell'Area di difesa di Berlino, venne subordinato al comando del Gruppo d'Armate "Vistola"[4].

Il 22 aprile quest'ordine venne revocato e Berlino fu posta agli ordini dell'Alto Comando dell'Esercito. Lo stesso giorno il Generale Reymann fu sollevato dal suo incarico e posto al comando del Gruppo d'Armate Sprea[5]. Come comandante dell'Area di Difesa gli succedette Kaether.

Il 23 aprile il comandante del *LVI Panzerkorps*, il Generale d'Artiglieria Weidling, divenne Comandante dell'Area di Difesa di Berlino, pur mantenendo il comando della sua unità.

III: AUTORITÀ DELLE SINGOLE AGENZIE MILITARI

1. QUARTIER GENERALE DI ZONA DELLA WEHRMACHT

Il Quartier Generale di zona della *Wehrmacht* era posto al comando del Quartier Generale del III Corpo d'Armata, e di conseguenza dell'Esercito di Riserva. I suoi doveri includevano i consueti compiti amministravi e di sicurezza di un comando di guarnigione, così come la sorveglianza di ponti, depositi, e dei lavoratori stranieri, dei quali Berlino era affollata. Collaborava inoltre nella rimozione dei detriti prodotti dalle bombe e specialmente nello sgombero delle vie di transito.

Per queste funzioni, il Quartier Generale di zona della *Wehrmacht* aveva a sua disposizione la Polizia Militare, dei Battaglioni di Guardia (unità di sicurezza locali), alcuni Battaglioni Costruttori, e il Reggimento della Guardia (*Wache*) di Berlino. Quando Berlino venne dichiarata una piazzaforte, comunque non fu il Comando di zona della *Wehrmacht* ad essere incaricato della difesa, ma il Quartier Generale del III Corpo, che venne designato come "Comandante dell'Area di Difesa della Grande Berlino".

Il Comando di zona della *Wehrmacht* mantenne le sue precedenti funzioni, con l'enfasi posta nel radunare i numerosi dispersi. La sua partecipazione alla difesa della città fu di conseguenza di secondaria importanza, specialmente quando, con l'inizio della battaglia, il compito di radunare i dispersi venne affidato principalmente al Servizio di Sicurezza del Partito.

2: IL QUARTIER GENERALE DEL III CORPO D'ARMATA (CONTEMPORANEAMENTE ANCHE "COMANDANTE DELL'AREA DI DIFESA DELLA GRANDE BERLINO")

---

[4] Il Generale Reymann, il Colonnello Eismann, e il Colonnello Generale Heinrici, hanno dato espressioni divergenti riguardo la data corretta. La data qui riportata è basata sui diari del Colonnello Generale Heinrici, NdA.

[5] Si trattava di un improvvisato Raggruppamento di deboli unità con un altrettanto improvvisato Stato Maggiore, NdA.

In aggiunta alle sue funzioni come comando di Corpo d'Armata, fu anche responsabile per la difesa del *Wehrkreis* e dell'Area di Difesa di Berlino.

Dopo il collasso del fronte sulla Vistola, il Comandante Generale (inizialmente il Generale di Fanteria von Kortzfleish) organizzò, in base agli ordini ricevuti, una posizione difensiva arretrata ad est dell'Oder e, dopo che questa fu rapidamente sfondata, una seconda linea difensiva lungo l'Oder stesso. All'inizio del febbraio 1945, mentre questi movimenti erano in corso, il Generale von Kortzfleish fu rimosso dal suo incarico. Le ragioni della sua sostituzione vanno ricercate nei difficili rapporti che si erano sviluppati tra lui e il *Gauleiter*[6] di Berlino Goebbels, ai cui tentativi di affermare la propria autorità sulle forze militari von Kortzfleish si era sempre opposto.

Come suo successore venne scelto il Tenente Generale Ritter von Hauenshild, che venne sollevato della responsabilità del fronte sull'Oder, affidato al Gruppo d'Armate "Vistola". Fu sotto il suo comando che ebbero inizio i preparativi per la difesa di Berlino.

Avere una persona con due incarichi da svolgere era comunque un grave svantaggio, specie quando gli obbiettivi dei due incarichi apparivano divergere tra di loro. In quanto comandante del Quartier Generale e del *Wehrkreis III*, il principale obbiettivo di von Hauenshild era di inviare al fronte dell'Oder il maggior numero possibile di uomini e mezzi. Al contrario, come Comandante dell'Area di Difesa, doveva fare in modo di mantenere sul posto quante più truppe possibile. Come conseguenza la difesa di Berlino acquisì un'importanza secondaria.

Quando il Generale von Hauenshild si ammalò all'inizio di marzo del 1945, come suo successore fu scelto il Tenente Generale Reymann. Il nuovo comandante separò l'Area di Difesa dal Quartier Generale del III Corpo. Lui stesso assunse il comando dell'Area difensiva, mentre il Generale del Genio Kuntse assunse la direzione del Quartier Generale del III Corpo, che venne anche escluso dal comando della difesa cittadina, e abbandonò la città poco prima del suo completo accerchiamento.

3: IL COMANDANTE DELL'AREA DI DIFESA (DOPO LA SUA SEPARAZIONE DA QUARTIER GENERALE DEL III CORPO)

Al Tenente Generale Reymann fu assegnato come Capo di Stato Maggiore il Colonnello di SM Refior. Sotto il suo comando la preparazione difensiva fu energicamente continuata, anche se, a causa dei mezzi esigui, poterono essere prese solo misure limitate.

L'Area di Difesa fu divisa in otto settori contrassegnati dalle lettere dalla A alla H, irradiantisi verso l'esterno lungo il circuito ferroviario cittadino. Come Comandante di ogni settore fu nominato un Generale o uno *Stabsoffiziere*[7] con l'autorità di Generale, per questo fu necessario attingere da Ufficiali dell'Artiglieria Contraerea o dalle unità dell'Esercito territoriale, mancanti quindi della necessaria esperienza di combattimento al fronte.

Tuttavia gli Ufficiali con effettiva esperienza di combattimento reperibili erano estremamente rari, e non fu così possibile riempire adeguatamente tutte le posizioni.

---

[6] Funzionario al comando di un distretto amministrativo (*Gau*) del partito nazionalsocialista, NdA.

[7] Nell'Esercito tedesco si intendono come *Stabsoffiziere* i gradi da Maggiore a Colonnello, NdT.

Il 23 aprile 1945 il Generale Reymann fu sollevato dal suo incarico, proprio mentre i sovietici raggiungevano i sobborghi cittadini, per venire nominato comandante del Gruppo d'Armate "Sprea", che in realtà consisteva solamente in una debole Divisione. La causa della sua rimozione dal comando fu dovuta all'insistenza di Goebbels, il cui iniziale atteggiamento favorevole verso il Generale Reymann era radicalmente cambiato. Quando il Colonnello Generale Heinrici, a cui ufficialmente l'Area di Difesa era subordinata, apprese del cambiamento, ordinò a Reymann di rimanere al suo posto, dal momento che gli appariva folle sostituire un comandante in un momento il cui il pericolo era così grande. Tuttavia, Heinrici non fu in grado di fare prevalere la sua autorità, e Reymann dovette assumere il comando del Gruppo d'Armate "Sprea", con il quale fu poi circondato nei pressi di Postdam.

Nel frattempo, il 22 aprile veniva scelto un nuovo comandante per Berlino: il primo selezionato, il Generale Kuntze, rifiutò per motivi di salute; venne quindi preso in considerazione un Maggiore, ma fu ritenuto troppo giovane per un incarico di tale importanza. Infine venne scelto il Colonnello Kaether, fino a quel momento comandante dei *Führungsoffizier* del Partito Nazionalsocialista[8.] Per l'occasione fu promosso a Maggiore Generale e immediatamente dopo a Tenente Generale: entrambe le promozioni erano limitate alla durata dell'incarico, un caso unico nella storia dell'Esercito tedesco. In ogni caso, le promozioni furono di poca utilità per Kaether, in quanto rimase in carica per soli due giorni prima di venire sostituito.

La sera del 23 aprile 1945, Hitler ordinò che il comandante del *LVI Panzerkorps*, il Generale d'Artiglieria Weidling, fosse costretto a presentarsi a rapporto al *Führerbunker*, pena la morte se non si fosse presentato. Era opinione comune che il Generale Weidling sarebbe stato fucilato perché il suo Corpo d'Armata si era ritirato sotto la pressione dei sovietici. Weidling, invece, fece un'impressione talmente eccellente ad Hitler che venne immediatamente nominato Comandante dell'Area di Difesa di Berlino, pur mantenendo il comando del suo Corpo d'Armata. Era il quinto comandante dell'Area di Difesa di Berlino negli ultimi cinque mesi, e il terzo negli ultimi due giorni.

Il Generale Weidling mantenne buona parte dello staff di Reymann, integrandolo con elementi del suo; come Capo di Stato Maggiore venne scelto il Colonnello di SM von Duffing, mentre il Colonnello di SM Refior fu nominato Vice Capo di Stato Maggiore. Come Comandante d'Artiglieria[9] fu scelto il Colonnello von Woehlermann, già comandante dell'artiglieria del *LVI Panzerkorps,* il suo predecessore, il Colonnello Platho, gli venne subordinato.

Il Generale Weidling, assegnò ad ognuno dei suoi quattro comandanti di Divisione il comando di due settori, per implementare le capacità delle organizzazioni locali con comandanti di provata esperienza sul campo. Tuttavia, nel portare avanti questo progetto, il Generale Weidling, incontrò un'immediata opposizione da parte del comandante di uno dei settori, il Tenente Colonnello Bärenfanger, considerato un elemento di provato valore e che era stato promosso a Maggiore Generale per ricoprire il suo nuovo incarico, il quale rifiutò di venire subordinato al comandante di Divisione a cui era stato affidato il suo settore. Queste difficoltà, assieme alla necessità di impiegare immediatamente gli

---

[8] Sorta di Commissari Politici, istituiti dopo l'attentato del luglio 1944 ad imitazione dei Commissari Politici dell'Armata Rossa, NdT.

[9] Artillerie-Kommandeur, Arko, NdE.

uomini del *Panzerkorps* nei punti più minacciati della città, rese difficile la piena operatività della nuova organizzazione.

Il Posto di Comando dell'Area di Difesa venne inizialmente stabilito presso il Comando del Corpo in un edificio lungo l'Hohenzollerdamm. Il 25 aprile, con l'approssimarsi delle unità sovietiche, venne trasferito nel Bender Block, anche se il Generale Weidling ritenne necessario rimanere per la maggior parte del tempo nel Bunker della Cancelleria.

4: IL GRUPPO D'ARMATE "VISTOLA"

Berlino si trovava a soli settanta chilometri dalle retrovie della principale linea di resistenza del Gruppo d'Armate. Tale linea si estendeva dal punto di congiunzione tra il Neisse e l'Oder fino al Baltico, e seguiva approssimativamente il corso del fiume Oder. Nel caso di uno sfondamento sovietico, la zona di Berlino sarebbe stata immediatamente incorporata nell'area di operazioni del Gruppo d'Armate. La difesa della città rimaneva necessariamente nelle mani del comandante della Grande Unità. Sarebbe stato pertanto logico che la difesa della capitale fosse fin dall'inizio subordinata al Gruppo d'Armate. Anche se questa disposizione non venne data, il Generale Heinrici si aspettava che, quando la situazione fosse diventata critica, tale subordinazione sarebbe stata resa effettiva. Chiese pertanto che il Generale Reymann o il suo Capo di Stato Maggiore lo tenessero informato di tutti i progressi nella preparazione difensiva della città. Il comando del Gruppo d'Armate cercò anche di impedire che le demolizioni di ponti ed edifici venissero portate avanti, per proteggere i civili dalle conseguenze a lunga scadenza di tale operazioni. Il Generale Heinrici, nel caso in cui l'Area di Difesa fosse stata subordinata al suo comando, si riservò il diritto di ordinare personalmente l'esecuzione delle demolizioni.

Il 19 aprile, dopo che ad est di Berlino si ebbe il collasso del fronte dell'Oder, l'Area di Difesa venne posta al comando del Gruppo d'Armate, che procedette immediatamente a portare avanti il suo piano di trasferire fuori dalla città e nelle posizioni difensive il maggior numero possibile di unità pronte al combattimento. Questo progetto fu realizzato solo parzialmente.

Dal momento che il Comando del Gruppo d'Armate era a malapena in grado di gestire tutte le richieste provenienti da Berlino dal suo quartier generale nei pressi di Frenslau, l'Area di Difesa venne posta alle dipendenze della 9ª Armata, che stava combattendo ad est della città. Il Generale di Fanteria Busse, comandante dell'Armata, tuttavia, rifiutò di assumersi questa responsabilità, con la corretta giustificazione che nel mezzo della battaglia non poteva certo anche preoccuparsi dell'Area di Difesa, specialmente quando l'ala destra e il centro del suo schieramento stavano ancora combattendo lungo l'Oder. Il Gruppo d'Armate ritirò pertanto il suo ordine e riassunse il comando diretto di Berlino.

La difficile questione della catena di comando poteva essere risolta stabilendo un nuovo Comando d'Armata, possibilmente al comando dell'*Obergruppenführer* Steiner, tra la 9ª Armata e la 3ª Armata *Panzer*, con il suo Posto di Comando a Berlino. Questo avrebbe assunto il comando dell'Area di Difesa, di tutte le forze a sud della città (il Gruppo d'Armate della Sprea), ad est di Berlino (le unità schierate sulle posizioni avanzate e il *LVI Panzerkorps*) e a nord est della città (le unità di sicurezza schierate nell'area Eberswalde-Oranienburg). Questa soluzione avrebbe però non solo richiesto diversi preparativi, ma andava contro i desideri del Gruppo d'Armate di evitare ogni combattimento per la città.

La subordinazione dell'Area di Difesa al Gruppo d'Armate "Vistola" terminò il 22 aprile, quando Hitler assunse personalmente il comando di Berlino.

Hitler interferì nel comando di Berlino anche quando l'Area di Difesa era subordinata al Gruppo d'Armate "Vistola". Questo appare particolarmente evidente con la sostituzione del Generale Reymann senza prima averne informato il comando del Gruppo d'Armate, e nonostante le proteste di quest'ultimo. Il Gruppo d'Armate "Sprea", che avrebbe dovuto contrastare la spinta sovietica proveniente da sud sulla strada di Luebbenau, non venne subordinato né al Gruppo d'Armate "Vistola", né all'Area di Difesa, né alla 9ª Armata, ma venne posto sotto il diretto controllo dell'Alto Comando dell'Esercito. Una grave interferenza da parte di Hitler nella catena di comando avvenne il 23 aprile quando al *LVI Panzerkorps*, che era subordinato alla 9ª Armata, fu ordinato di ritirarsi a Berlino su ordine diretto del Führer, senza informare né il Comando d'Armata ne tantomeno il Comando del Gruppo d'Armate. Questa azione ebbe tre importanti conseguenze:

a) Fornì a Berlino gli uomini e i mezzi necessari per cercare di difendere la città.
b) La 9ª Armata fu aggirata anche da nord oltre che da sud e quindi circondata.
c) Il Gruppo d'Armate "Vistola" si disintegrò, consentendo ai sovietici di spingersi a nord di Berlino.

Le difficoltà di comando del *LVI Panzerkorps*, portarono la Divisione SS *"Nordland"* a tentare di sganciarsi dal *LVI Panzerkorps* per unirsi al *Gruppe Steiner*. Quest'intenzione non venne tuttavia messa in atto ancora una volta grazie ad un ordine diretto di Hitler di nuovo senza che il Corpo ne venisse informato - che portò la Divisione direttamente a Berlino. Quest'incidente portò alle dimissioni temporanee del Comandante della Divisione.

5: L'Alto Comando dell'Esercito

L'Alto Comando dell'Esercito non prese una chiara decisione per determinare chi avrebbe effettivamente comandato la difesa di Berlino. Anche se fin dall'inizio l'Area di Difesa fu posta sotto il comando o del Gruppo d'Armate "Vistola" o dell'Alto Comando dell'Esercito, in realtà le istruzioni vennero impartite direttamente dal Führer, di conseguenza il comandante dell'Area di Difesa rimaneva "appeso nell'aria", in quanto non poteva consultare Hitler per ogni singola questione.

La subordinazione dell'Area di Difesa al Gruppo d'Armate "Vistola" avrebbe reso più chiara la situazione, se l'Alto Comando dell'Esercito e Hitler non avessero continuato a inviare ordini ignorando la corretta catena di comando. Una volta che il Gruppo d'Armate fu escluso dal comando dell'Area di Difesa, la subordinazione della stessa direttamente ad Hitler fu completa, in quanto quest'ultimo divenne di fatto il comandante effettivo di Berlino.

L'Alto Comando dell'Esercito e quello della *Wehrmacht*, con l'eccezione di alcuni elementi, abbandonarono Berlino tra il 22 e il 25 aprile 1945. Il 25 aprile i due Comandi vennero fusi insieme. Obbedendo alla volontà di Hitler, il Feldmaresciallo Keitel e il Colonnello Generale Jodl ordinarono alla 12ª Armata e al Gruppo d'Armate "Vistola" di lanciare degli attacchi per soccorrere Berlino. La differenza di vedute divenne evidente con la sostituzione del Generale Heinrici, un cambio di gestione che tuttavia non modificò alcunché nel corso della battaglia per Berlino.

IV. Le agenzie civili

1: I Commissari per la difesa del Reich

I *Gauleiter*, in quanto Commissari per la difesa del Reich, erano responsabili per la difesa del territorio del Reich insieme alle autorità militari.
Loro erano responsabili per tutte quelle misure riguardanti la popolazione civile, per l'addestramento del *Volkssturm* e per la costruzione delle opere difensive.
Non esisteva nessuna divisione ben definita tra le autorità militari e il potere dei Commissari per la difesa del Reich, anche se ci si aspettava che lavorassero insieme. L'autorità militare terminava dieci chilometri dietro la principale linea di combattimento, alle spalle di questa linea tutte le decisioni non puramente militari, compresa la costruzione delle fortificazioni da parte di lavoratori civili erano sottoposte all'approvazione del Commissario per la difesa del Reich. Lui era anche responsabile per l'espletamento di queste misure con l'aiuto della popolazione civile e della *Volkssturm*.
Questo dualismo ebbe in molti casi, e specialmente nella costruzione delle fortificazioni, serie conseguenze, l'Esercitò tento di prendere nelle sue mani il controllo della materia, mentre i Commissari del Reich cercavano gelosamente di mantenerlo nelle proprie mani.
L'atmosfera tra le due entità tendeva ad essere incandescente.
Come conseguenza, molte posizioni arretrate erano costruite senza la minima comprensione dei criteri tattici. Un gran numero di ostacoli anticarro furono costruiti dove non avevano la benché minima efficacia, o dove ostacolavano i movimenti delle proprie truppe. I lavoratori e i materiali per la costruzione erano portati via dalle forze schierate sul campo. Armi e munizioni necessarie ai soldati al fronte erano invece assegnati alle unità della *Volkssturm*, ben lontane nelle retrovie.
La *Volkssturm*, il cui uso tattico avrebbe dovuto essere lasciato alla discrezione delle autorità militari, riceveva ordini direttamente dal Partito anche nel bel mezzo della battaglia. Un rapporto indica come un Battaglione della *Volkssturm* durante la battaglia di Berlino, ricevette ordini alternativamente da entrambi i comandanti del settore e dal comando distrettuale del Partito. Essendo gli ordini diramati da quest'ultimo generalmente contraddittori, il comandante dell'unità fu genuinamente felice quando una bomba rase al suolo l'edificio del comando del Partito.
Il Commissario del Reich per Berlino Goebbels, e il Commissario per il Brandeburgo Struez, spesso lavoravano l'uno contro l'altro. Ad esempio, senza informare nessuno, Stuerz ritirò un Battaglione della *Volkssturm* del Brandeburgo che era stato assegnato a Berlino, lasciando per alcuni giorni un vuoto nelle linee difensive della città.
Chiaramente, Goebbels vedeva il Comandante dell'Area di Difesa come un suo subordinato. Ogni lunedì si svolgevano dei colloqui tra i due nel cosiddetto "Grande Consiglio di Guerra", e tali colloqui erano diretti da Goebbels in persona per discutere della difesa della città. Questi colloqui includevano i comandanti delle unità da combattimento, i rappresentanti della *Luftwaffe* e del Servizio del Lavoro del Reich, il sindaco di

Berlino, il capo della Polizia, il comandante del Distretto d'Area della *Wehrmacht*, il capo del Distretto Amministrativo, il Comandante delle SS e della Polizia, lo *Standartenführer* delle SA Bock e i rappresentanti delle principali industrie. Goebbels emetteva quindi degli "ordini militari" con i quali prescriveva l'attuazione di determinate misure difensive. La sua influenza nella sostituzione di vari comandanti è già stata evidenziata nei precedenti capitoli. Nel descrivere la deleteria influenza del Commissario per la Difesa del Reich, non si tuttavia deve dimenticare come l'uso della popolazione civile fornì alle truppe sul campo forze addizionali, particolarmente per quello che riguarda la costruzione delle fortificazioni. Le tattiche intimidatorie Nazionalsocialiste, unite ad una brillante propaganda, impedirono che una parte della popolazione si dedicasse ad atti di sabotaggio dello sforzo bellico.

2: La Gioventù Hitleriana

La Gioventù Hitleriana era guidata dal capo della Gioventù del Reich Axmann, che la chiamò a partecipare alla battaglia e la inviò in combattimento, in parte su sua iniziativa personale, e in parte con l'approvazione del Comandante dell'Area di Difesa. Il 24 aprile una Brigata della Gioventù Hitleriana armata con *Panzerfaust* apparve nella regione di Strausberg per contrastare autonomamente i carri sovietici. Sottoposto alle vibranti proteste del Generale Weidling, Axmann cercò di fare ritirare la giovane e inesperta Brigata dal combattimento, ma non fu in grado di fare giungere a destinazione il suo ordine. Nella stessa Berlino, la Gioventù Hitleriana combatté sia in unità autonome che in piccoli reparti affiancati alle unità regolari o a quelle della *Volkssturm*.
L'uso della Gioventù Hitleriana nei combattimenti non era stato previsto durante la pianificazione. Quando si trovarono ad essere chiamati al combattimento, sia Axmann che i comandanti delle unità della Gioventù Hitleriana seguirono fedelmente le istruzioni delle autorità militari.

3: Altre Agenzie

Sia il *Reichsführer*, comandante delle *Waffen-SS,* che il Maresciallo del Reich Göring, comandante della *Luftwaffe*, evitarono di esercitare un'influenza diretta sulla condotta delle operazioni a Berlino. Entrambi, tuttavia, mantenevano grandi unità nei pressi di Berlino come propria guardia del corpo personale, e rilasciarono queste truppe solo tardivamente e dopo lunghe esitazioni. Di conseguenza queste unità non poterono essere considerate all'interno dei piani difensivi. Tutti i tentativi da parte del Gruppo d'Armate "Vistola" di assumerne il controllo vennero frustrati.
La 1ª Divisione *Flak* (Contraerea) non venne posto sotto il comando dell'Area di Difesa fino a quando non avvennero i primi scontri con il nemico. La difficoltà di coordinare la difesa con questa unità fu parzialmente risolta grazie alla collaborazione del comandante, il Maggiore Generale Sydrow
Si ottenne poca collaborazione anche dal *Brigadeführer* Mohnke, comandante delle unità delle SS responsabili per la sicurezza del distretto governativo. Solo dopo l'inizio dei combattimenti queste unità vennero subordinate all'Area di Difesa. L'Organizzazione Todt, e a minor livello, il Servizio di Lavoro del Reich, cercarono in molti casi di evitare gli ordini del Comandante dell'Area di Difesa, invocando un'autorità autonoma.

L'emissione degli ordini e la trasmissione dei comandi, soffrirono per il fatto che la catena di comando non era uguale per tutti i settori, né adeguata per le necessità di una battaglia di grandi dimensioni. Non solo i Comandi delle piccole unità ma di intere Divisioni, così come lo Stato Maggiore del CI Corpo, quello del Gruppo d'Armate "Vistola" e quello dell'Area di Difesa erano largamente improvvisati.

Vi era una grave scarsità di personale delle Trasmissioni addestrato, così come di equipaggiamenti radio, veicoli e carburante. Alla mancanza dell'equipaggiamento telefonico si poté ovviare, una volta che i combattimenti si spostarono all'interno della città, sfruttando gli apparecchi e la linea civile all'interno delle abitazioni. Ma questo vantaggio venne sprecato, in quanto le nuove unità improvvisate, così come i loro comandi, non potevano apprendere alcuna esperienza nel lavoro di squadra. Come risultato, agli alti livelli vi era sempre una carenza di informazioni aggiornate nei settori più delicati del fronte e le comunicazioni attraverso la catena di comando era solitamente lente.

Così, a partire dal 18 aprile, sia il comando della 9ª Armata che quello del Gruppo d'Armate "Vistola" ottennero informazioni inadeguate sulla situazione dell'ala settentrionale della 9ª Armata, così come il Gruppo Armate "Vistola", non apprese della presenza di carri sovietici nei pressi di Baruth a sud di Berlino fino al 22 aprile.

Per questo motivo, le unità permanenti locali schierate lungo il canale Teltow, furono sorprese dalla comparsa delle unità sovietiche il 22 aprile, e l'accorrere delle riserve corazzate (le Divisioni *Nordland* e *Nederland*) richiese un tempo insopportabilmente lungo.

VI: CONCLUSIONI

Un piano ben concepito per la difesa di Berlino avrebbe potuto venire realizzato solo se il comandante dell'Area di Difesa avesse ricevuto istruzioni uniformi, e gli fosse data un'autorità completa e totale ad ogni livello.

Invece, fu sottoposto all'autorità sia delle strutture militari che civili, i cui vari interessi portavano ad ordini incoerenti o inconsistenti, come dimostra il seguente episodio.

Il Generale Reymann intendeva convertire la principale arteria viaria est-ovest (Charlottenburgstrasse) in una pista d'atterraggio per gli aerei. Per fare questo sarebbe stato necessario eliminare i lampioni di bronzo lungo la strada e abbattere alcuni alberi del Tiergarten, una zona peraltro già pesantemente danneggiata dalle esplosioni.

Per fare ciò, Reymann doveva ottenere l'autorizzazione personale di Hitler. Hitler diede il permesso di eliminare i lampioni, ma non di abbattere gli alberi. Mentre la demolizione dei lampioni era in corso, il Ministro del Reich Speer, che era anche incaricato di sovrintendere alla ricostruzione di Berlino, obbiettò al provvedimento e ottenne da Hitler l'annullamento della demolizione. Così il Generale Reymann fu costretto a chiedere nuovamente ad Hitler l'autorizzazione per le demolizioni.

Mentre le relazioni tra il Comandante e le agenzie sopra di lui erano estremamente difficili, la distribuzione dell'autorità ai livelli più bassi era ancora più caotica. Il Comandante di Berlino aveva, infatti, autorità illimitata solo sulle poche unità dell'Esercito presenti in città, mentre aveva un'autorità molto limitata sulle unità del *Volkssturm* (che formavano il nucleo delle unità a sua disposizione), le unità delle SS, della *Flak*, della Gioventù Hitleriana, l'Organizzazione Todt e il Servizio del Lavoro del Reich. Non aveva nessuna autorità sulla popolazione civile, che portava il peso maggiore del programma di costruzione delle fortificazioni.

Un altro esempio potrà servire ad illustrare quanto fosse limitata l'autorità degli Ufficiali effettivi. Il comandante di una Batteria gestita da unità locali permanenti, ricevette un Plotone della *Volkssturm* per servire ai suoi cannoni, Tuttavia, non gli venne consentito di dare ordini a questi uomini eccetto durante il combattimento, e per gestire il reparto il comandante doveva così ricorrere a forme di persuasione. In queste condizioni anche un uomo che come il Tenente Generale Reymann aveva una chiara visione delle cose e una comprensione dei suoi obiettivi, poteva fare ben poco.

Il quadro organizzativo mostra una situazione completamente caotica; le sovrapposizioni, la confusione e la contraddizione negli ordini emessi dai vari centri di potere, i continui cambi nella distribuzione dell'autorità di comando e la costante dismissione ed eliminazione degli individui responsabili, sono segnali di disintegrazione e di un imminente collasso. L'effetto sulle truppe combattenti fu devastante: anche ora tutti i resoconti dei veterani dei combattimenti di Berlino, parlano di un completo collasso della leadership, molti anche di sabotaggio, e quest'ultima impressione doveva certamente essere molto comune.

Quello che succedeva quando un comandante non obbediva all'ordine di difendere una città fortificata combattendo fino all'ultimo uomo, può essere visto dal caso del comandante di Königsberg, il Generale di Fanteria Lasch, il quale fu condannato a morte per impiccagione in absentia. La sentenza venne resa pubblica da un comunicato dell'Alto Comando della *Wehrmacht*, e la sua intera famiglia fu messa in stato d'arresto.

Lo scopo di questo studio non è né di accusare né di giustificare. Tuttavia, la conclusione che dobbiamo raggiungere è che la caduta di Berlino, non fu dovuta né ad incompetenza, tranne che in alcuni casi individuali, né ad un sabotaggio, ma alla disorganizzazione del sistema di comando voluta da Hitler, per il quale era necessaria la cieca obbedienza, e non consentì nessun tentativo individuale di agire di propria iniziativa con intelligenza e responsabilità.

CAPITOLO 4
LE POSIZIONI DIFENSIVE

I: GENERALE

1: LA SITUAZIONE GEOGRAFICA

Le sole barriere naturali degne di nota che proteggono Berlino sono i laghi Havel ad ovest e i fiumi Dahme e Mueggelsee a sud est. A causa della loro ridotta larghezza il canale Teltow a sud, il fiume Sprea e il canale Landwehr che attraversano il cuore della città, sono degli ostacoli di minore importanza. Una certa protezione dai carri armati può venire offerta dai canali e dai campi allagati a nord est della città. A sud e a nord e per la maggior parte del suo confine orientale, tuttavia, la città è completamente esposta agli attacchi nemici.

A una distanza variabile tra i 30 e i 50 chilometri attorno a Berlino, sorge un'area boscosa in cui fiumi, laghi e canali creano consistenti ostacoli alle truppe in avanzata. Di particolare importanza, da questo punto di vista, è la cintura di boschi e laghi che si trova ad est della città e passa attraverso Königswusterhausen, Erkner, e Tiefensee, attraverso il vecchio corso dell'Oder vicino a Bad Freienwalde.

Un'ampia rete di strade circonda Berlino. Il terreno aperto è soprattutto sabbioso, il che rende facile il passaggio di uomini e mezzi. Un avvicinamento coperto ai sobborghi cittadini può essere effettuato da sud-est e nord-est, sfruttando le numerose aree boschive, così come quelle dei parchi cittadini.

All'interno della città, le vaste aree coperte dai detriti dei bombardamenti favoriscono la difesa.

2: CONSIDERAZIONI TATTICHE

All'inizio Berlino avrebbe dovuto venire difesa lungo l'Oder. Dal momento che tutte le truppe erano necessarie lungo il fiume, non ci si preoccupò particolarmente di preparare dei piani per difendere le aree boschive descritte nel paragrafo precedente. Questa posizione si sarebbe estesa per oltre 200 chilometri attorno alla città. In ogni caso nella cintura dei laghi da Erkner a Tiefensee fu stabilita una posizione difensiva contro un attacco da est.

Ad una distanza di circa 30 chilometri dalla periferia cittadina, venne creato un "anello di ostacoli", per ritardare l'avanzata del nemico, tutte le località più grandi tra la linea dei laghi e l'anello vennero considerati "punti di resistenza tattica".

La difesa effettiva avrebbe dovuto svolgersi nella periferia stessa, utilizzando tutti gli ostacoli disponibili. Anche questa posizione, tuttavia, si estendeva per circa 100 chilometri, il che in condizioni normali avrebbe richiesto almeno un centinaio di divisioni esperte per potere essere difesa efficacemente, il Comandante dell'Area di Difesa aveva invece a sua disposizione solo 60.000 poco addestrati uomini della *Volkssturm*, un terzo dei quali erano inoltre disarmati, e i restanti due terzi poco armati. In aggiunta a questi uomini in città si trovavano tra le venti e le trenta Batterie e le unità permanenti della contraerea della città.

Dal momento che Berlino doveva essere difesa fino all'ultima casa anche quando il perimetro esterno fosse stato perduto, era necessario preparare la difesa anche del centro cittadino. Il circuito ferroviario cittadino, che si estendeva per trentacinque chilometri, offriva una linea coerente su cui stabilire una linea difensiva. Procedendo ulteriormente verso il centro, l'isola formata dal canale Landwehr e dal fiume Sprea era vista come un ulteriore linea difensiva. Se il nemico fosse penetrato anche in questa posizione, gli edifici, come la Cancelleria del Reich, il Reichstag, il Bendler Block, e i rifugi antiaerei avrebbero dovuto venire difesi.

3: LA MANODOPERA E I MEZZI NECESSARI PER LE COSTRUZIONI

Le forze del Genio, subordinate al comandante dell'Area di Difesa, erano sotto il comando del Colonnello Lobeck. Gli Ufficiali e i distaccamenti del Genio erano assegnati ai comandanti di settore per supervisionare il lavoro di costruzione e procedere alla demolizione degli edifici. Dal momento che un solo Battaglione del Genio Costruttori era disponibile, il Generale Reymann ordinò che due Battaglioni della *Volkssturm* venissero addestrati in quella funzione.

La manodopera disponibile per la costruzione consisteva in alcune unità dell'Organizzazione Todt e del Servizio del Lavoro, della *Volkssturm*, e nella popolazione civile. Il numero totale delle persone impiegate nei lavori di costruzione delle fortificazioni era di 70.000 ogni giorno. Considerato che Berlino contava oltre tre milioni di abitanti, questo numero può apparire piccolo, tuttavia bisogna considerare che fino all'ultimo momento utile le fabbriche e le officine dentro e fuori la città rimasero in funzione giorno e notte. In più, i lavoratori dovevano essere trasportati ogni giorno dalle loro case ai luoghi di lavoro. Il sistema ferroviario cittadino e suburbano erano già sovraccarichi, e le frequenti interruzioni della linea causati dalle bombe rendevano il movimento dei lavoratori e lento e macchinoso. Molte aree di costruzione si trovavano distanti dalla linea ferroviaria, e non era disponibile la quantità necessaria di carburante per i camion. Vennero fatti degli sforzi per impiegare i lavoratori delle imprese che sorgevano vicino ai luoghi da fortificare. Solo l'Organizzazione Todt e il Servizio del Lavoro del Reich erano ben equipaggiati, mentre la maggior parte dei lavoratori doveva costruire fortificazioni con gli attrezzi di loro proprietà. Una piccola quantità di attrezzi di scavo venne fornito dal deposito del Genio di Rehagen-Klusdor. All'inizio alcune trincee e ostacoli anticarro poterono venire scavati con l'uso di alcune scavatrici, ma a causa della carenza di carburante il loro uso fu discontinuo.

A causa della mancanza di tempo e della carenza di materiale da costruzione adeguato, era fuori questione costruire bunker in cemento armato. Erano inoltre disponibili piccole quantità di mine e di filo spinato.

I piani di costruzione che si poté portare avanti furono necessariamente limitati ai seguenti: lungo sia l'anello esterno che quello interno, vennero scavate trincee e postazioni per mitragliatrici, e scavati rifugi sotterranei o adattate le cantine di alcuni edifici. Per la maggior parte queste posizioni non si sviluppavano in profondità. Le strade in tutti i settori della città erano bloccate da ostacoli anticarro, e fossati anticarro vennero scavati in alcuni punti particolarmente importanti lungo l'anello esterno. Nelle principali strade che avrebbero potuto servire al nemico per effettuare incursioni in città, vennero sistemati dei campi minati e barriere di filo spinato. La maggior parte di queste posizioni distaccate erano dovute all'iniziativa personale di alcuni capi di partito locali, e mostravano una completa mancanza di una pianificazione accurata e di un'esecuzione competente.

II: LE POSIZIONI INDIVIDUALI

1 L'AREA DEGLI AVAMPOSTI
E LA POSIZIONE DI DIFESA AVANZATA

La costruzione dell'anello di ostacoli consisteva principalmente nella creazione di blocchi stradali nei punti più adatti, per la maggior parte in zone disabitate. Inoltre venivano scavate delle buche individuali per servire come protezione contro gli attacchi dei carri armati. Ogni blocco stradale era sorvegliato da un distaccamento di trenta o quaranta uomini della *Volkssturm*, dotati di armi da fanteria e controcarro.

Tutte le località più grandi alle spalle dell'anello difensivo vennero definite come punti di resistenza tattica che dovevano essere difesi fino all'ultimo uomo. Dal momento che questa misura non aveva il minimo valore tattico reale, il Generale Reymann protestò con successo con Hitler e il provvedimento venne ritirato.

Poche installazioni nell'area degli avamposti avevano un valore reale. Fin dall'inizio, le deboli unità della *Volkssturm* non erano state dotate di armamento pesante o mezzi di ricognizione, e mancavano di comandanti esperti. Inoltre, mancavano dei collegamenti tra di loro, e solo in casi eccezionali poterono ritardare l'avanzata dei sovietici per qualche ora, mentre in molti casi non si ebbe probabilmente nessuna azione difensiva, specialmente quando gli ostacoli fisici venivano facilmente superati dal nemico.

Le posizioni difensive avanzate erano generalmente più forti, e spesso erano costruite traendo vantaggio dal terreno circostante. Le difese costruite erano comunque quelle che potevano essere viste in una normale linea difensiva. Per combattere in queste posizioni, come complemento delle unità della *Volkssturm*, venne inviato il personale della *Luftwaffe* reso disponibile da Göring in aprile, ma questi uomini erano per la maggior parte poco armati, e non addestrati al combattimento a terra.

Queste forze, apparentemente, si disintegrarono con l'avvicinarsi dei sovietici. Non sono registrati rapporti di seri combattimenti per la posizione difensiva avanzata. Appare evidente come i trenta Battaglioni inviati da Berlino il 21 aprile non raggiunsero le posizioni prima dell'arrivo dell'Armata Rossa, dal momento che unità sovietiche in avanzata lungo un fronte esteso furono avvistate già il 22 aprile ad ovest della linea. La posizione difensiva avanzata avrebbe dovuto trattenere il nemico per un certo tempo, e se questo non avvenne fu a causa della confusione nella catena di comando. Ogni volta che il nemico raggiungeva un punto della posizione difensiva avanzata, Hitler ordinava al *LVI Panzerkorps* di attaccare. Tutte le forze venivano così ammassate lungo i fianchi della linea ferroviaria Berlino-Kustrin, mentre più a nord i sovietici avevano campo libero per avanzare. Se la 9ª Armata fosse stata libera di agire, il *LVI Panzerkorps*, avrebbe potuto venire usato per difendere la posizione difensiva avanzata su un fronte esteso, e allo stesso tempo l'ala destra dell'Armata, che non sarebbe quindi stata attaccata, avrebbe avuto la libertà di ritirarsi dall'Oder inviando la maggior parte dei suoi elementi a rinforzare le posizioni della sua ala sinistra impegnati in duri combattimenti.

Il comandante dell'Area di Difesa, con le deboli forze che aveva a sua disposizione fu incapace di difendere la linea di difesa avanzata, il cui rapido collasso fu largamente dovuto alla mancanza di un sistema di comando realistico ed uniforme.

2. POSIZIONI LUNGO IL PERIMETRO CITTADINO

Queste posizioni costituivano la principale linea di resistenza della *Festung* Berlino. Essa consisteva principalmente di una linea continua di trincee, particolarmente elaborata lungo i fianchi, alle cui spalle sorgeva una seconda linea di trinceramenti.

Il percorso delle posizioni era il seguente: a sud seguiva inizialmente la sponda settentrionale del canale Teltow, quindi a sud del canale tra Lichterfelde e Johannistal. A est la prima posizione si estendeva su entrambi i lati del Mueggelsee e quindi aggirava Mahlandorff, la seconda posizione seguiva la ferrovia Gruenau-Herzberg. A nord la linea correva attraverso i campi irrigati lungo il perimetro settentrionale della città, attraverso Weissensee e Niederschoenau, quindi parallelamente al fossato settentrionale (un ostacolo di secondaria importanza), fino al Tegeler See. A occidente correva lungo la sponda orientale del Tegeler See e dell'Havel; la prima posizione quindi seguiva il perimetro occidentale della città attraverso Spandau, Seeburg, Gross-Glienicke, e Sakrow (per la protezione dell'aeroporto di Gatow), e la seconda posizione lungo la sponda orientale dei laghi Havel.

Dietro questa linea si trovavano le postazioni d'artiglieria delle venti Batterie locali permanenti, e l'artiglieria contraerea che non aveva posizioni fisse.

I seguenti estratti delle memorie degli uomini che combatterono per Berlino illustrano le condizioni dei combattimenti, nel momento in cui avvenne il primo contatto con le colonne nemiche avanzanti. Ogni rapporto descrive il settore di un Battaglione o di una Compagnia in uno dei quattro quartieri della città.

A. CANALE TELTOW PRESSO KLEIN-MACHNOV
Tenente von Reuss, comandante di un Plotone del *Volkssturm*.

La preparazione per la difesa del canale Teltow includeva la costruzione di fortificazioni lungo la sponda settentrionale del canale e l'organizzazione di una squadra per la demolizione di ponti. Una trincea da combattimento fu scavata ad una distanza variabile dal canale e posizioni per mitragliatrici furono sistemate ogni 5-600 metri. Ogni posizione era collegata con un rifugio attraverso una trincea di comunicazione.
Le trincee si trovavano parzialmente su un terreno paludoso, il che rendeva difficile il movimento delle truppe. Una postazione di mitragliatrice costruita con blocchi di cemento era costruita nel terreno di una fabbrica di amianto. Non c'erano postazioni d'artiglieria nelle retrovie, anche se due cannoni antiaerei erano stati sistemati alle nostre spalle insieme ad un lanciarazzi.
La sola unità completa che si trovava in questo settore era la Compagnia Volkssturm Klein-Machnow, a cui si erano uniti alcuni sbandati della Wehrmacht.
Il plotone era armato con solo una mitragliatrice di produzione ceca, che si bloccava ad ogni raffica, in più si aveva un misto di fucili di varia provenienza straniera inclusi alcuni fucili italiani "Balilla".

Di ulteriore interesse, e menzionato in seguito nello stesso rapporto, è che la sera dopo il primo incontro con il nemico, il Plotone adiacente a quello dello scrivente si ritirò per trascorrere la notte nei propri alloggi, e riapparve la mattina seguente. Dal momento che i sovietici attaccarono debolmente in questo settore, il *Volkssturm* fu in grado di resistere per due giorni.

B. SETTORE AD EST DI FRIEDRICHSHAGEN (MUEGGLSEE)
Rapporto del Sergente Maggiore Guempel, sovrintendente alla costruzione delle fortificazioni.

Il Sergente Guempel e dieci uomini del Battaglione di rimpiazzi dell'unità amministrativa di Grunheide, erano responsabili dopo la metà di febbraio del dirigere la costruzione delle fortificazioni ad est di Friedrichshagen e a nord del Mueggelsee, un settore di circa tre chilometri di larghezza. La manodopera era stata reclutata tra la popolazione di Friedrichshagen e i lavoratori delle fabbriche locali. All'incirca cinquecento lavoratori erano al lavoro giornalmente, ed erano state preparate una trincea continua e postazioni permanenti. Era iniziata la preparazione dei rifugi, sotto la supervisione di un esperto di costruzione di Friedrichshagen, anche se nessuno di questi rifugi fu completato prima dell'inizio dei combattimenti.
Era stato previsto che la posizione venisse occupata da una forza di 250 uomini appartenenti sia al Battaglione di rimpiazzi che alla Volkssturm. Con l'avvicinarsi dei sovietici, la forza che teneva la posizione si disintegrò, lasciando le postazioni non sorvegliate. Solo il comandante del Battaglione con venticinque uomini offrì resistenza al nemico. I difensori furono sopraffatti, mentre il Sergente Guempel e il suo gruppo tentarono di radunare gli sbandati.

C. SETTORE AD EST DEL TEGELER SEE
Rapporto del Maggiore Shwark, comandante di un reparto per la protezione degli impianti.

La posizione era collegata a sinistra con la sponda settentrionale del Tegeler See, da dove si estendeva verso destra lungo il torrente Tegeler, chiamata anche "Fossato settentrionale".
Questo fossato aveva poca acqua, ed era perciò poco più di una linea lungo la quale costruire le fortificazioni. La posizione era costituita da una profonda trincea senza filo spinato o mine.
Il comandante del Battaglione aveva preso familiarità con il terreno e aveva partecipato a due esercitazioni sulle mappe. La posizione era occupata dal Battaglione per la protezione degli impianti, che comprendeva quattro deboli compagnie armate con fucili, bombe a mano e alcuni Panzerfaust. La maggior parte degli uomini erano veterani della prima guerra mondiale e a causa del loro incarico nelle unità di protezione per gli impianti erano abituati all'ordine e alla disciplina. I sovietici evitarono gli attacchi frontali, usando invece tattiche di infiltrazione, soprattutto durante la notte. Queste tattiche erano agevolate dalla poca visibilità che il terreno offriva ai difensori. Particolarmente problematica era la presenza di cecchini sui tetti di fronte e alle spalle delle linee tedesche. Tuttavia fu ancora possibile mantenere il Battaglione coeso. Dopo tre giorni di

*combattimento, il Battaglione fu quasi completamente circondato e si dovette ritirare in
una nuova posizione nei pressi del panificio industriale, dove lo scrivente fu ferito.*

D. SETTORE DI GATOW
Rapporto del maggiore Komorowski, comandante di un Battaglione misto.

*Il Battaglione come parte di un Reggimento difendeva una sezione della prima linea si-
tuata lungo il perimetro occidentale dell'aeroporto di Gatow, che doveva essere protet-
to dagli attacchi provenienti da ovest. Se la prima linea fosse caduta, il Battaglione
avrebbe dovuto ripiegare attraverso il Wansee tramite alcune barche tenute pronte, e
occupare la seconda linea difensiva lungo la sponda orientale del lago.*
*La posizione consisteva in una ben costruita serie di trincee, il Battaglione era formato
da elementi del Genio costruttori e della* Volkssturm *nessuno dei quali aveva esperienza
di combattimento ed erano armati con fucili stranieri ed alcune mitragliatrici, il quantitativo di munizioni disponibili era inoltre molto limitato. La fanteria era supportata da
una Batteria di cannoni contraerei da 88 mm e da un Plotone di cannoni pesanti di fanteria, anche se quest'unità non aveva mai sparato con le sue armi. La postazione poteva
ricevere inoltre supporto dalle truppe della guarnigione della* Flakturm *dello Zoo. La
sera del primo giorno di battaglia, tutti gli uomini del* Volkssturm *disertarono, e il vuoto tra le fila poté essere colmato solo con alcuni sbandati della* Wehrmacht. *In due
giorni di combattimento tutti i difensori furono o uccisi o catturati.*

La posizione lungo il perimetro della città, che ne formava la principale linea difensiva,
aveva poco valore intrinseco. Per larghi tratti si trattava di una semplice trincea senza
truppe di supporto o altro, schierate alle spalle. Nessuna delle posizioni era occupata da
truppe ben addestrate e gestite in maniera coordinata. Le unità schierate, erano deboli
nel numero, poco organizzate, male armate e la loro volontà di combattere variava
enormemente da settore a settore. È incredibile come in alcuni punti i sovietici vennero
tenuti lontano dalle linee per diversi giorni, anche se, bisogna dire, che dove i sovietici
tentavano un serio sfondamento, le posizioni crollavano al primo assalto. Tuttavia il
nemico non sfruttò pienamente questi sfondamenti, attenendosi ad una condotta prudente ed avanzando in maniera esitante e metodica. Come risultate le varie posizioni costruite da reparti improvvisati riuscirono a rallentarne efficacemente l'avanzata, fino a
quando, superata la linea difensiva esterna, l'Armata Rossa si trovò ad affrontare le
esperte unità del *LVI Panzerkorps* su posizioni preparate sfruttando il terreno favorevole.

3. LE POSIZIONI LUNGO IL CIRCUITO FERROVIARIO CITTADINO, E LE DIFESE INTERNE

Il valore militare del circuito ferroviario cittadino risiedeva nella sua capacità di traccia-
re una chiara linea difensiva. Le fortificazioni qui costruite erano generalmente simili a
quelle costruite nel perimetro esterno, tuttavia, a causa del terreno duro, non era stato
possibile preparare una linea continua di trincee. La posizione consisteva soprattutto in
postazioni difensive individuali o per tre-quattro uomini. Erano stati preparati dei piani
per fortificare le strade alle spalle delle posizioni, ma questo doveva venire fatto in base

ai mezzi disponibili e su iniziativa individuale. Questi preparativi sono ben descritti nel rapporto di Heinrich Bath, comandante di un Battaglione *Volkssturm*:

Il Battaglione Volkssturm, *organizzato nella zona di Charlottenburg-Ovest, doveva servire da riserva per un altro battaglio della* Volkssturm *che era schierato lungo la linea ferroviaria cittadina. Le fortificazioni avanzate erano state costruite tra le strade alle spalle del Battaglione avanzato, e il Battaglione di riserva aveva una forza di 800 uomini ma mancava di armi e attrezzi, in special modo gli attrezzi per il trinceramento, e molti degli uomini non avevano vestiti adeguati. Il Battaglione era posto sotto il comando del Quartier Generele del Partito del primo Distretto la cui sede era in Wittemberg-Platz. Allo stesso tempo il Battaglione era agli ordini anche del Quartier Generale militare responsabile del settore, e questa situazione creava spesso confusione negli ordini.*
Per prima cosa erano stati costruiti ostacoli anticarro fissi e mobili. I principali punti di passaggio nel settore del Battaglione erano stati forniti di ostacoli fissi in cemento, e una sezione mobile, al centro della strada, consentiva il passaggio di automobili e altri veicoli. Di notte il traffico era sospeso e i passaggi erano chiusi al calare del buio ed erano sempre sorvegliate attentamente. Le strade laterali erano bloccate completamente da ostacoli fissi che impedivano il passaggio dei veicoli e lasciavano solo un piccolo varco laterale per i pedoni. Questi ostacoli, circa dodici barricate alte fino a tre metri, erano sostituite da travi e putrelle d'acciaio piantate nelle strade e coperte da cumuli di macerie.
Le posizioni delle mitragliatrici erano sistemate sui piani elevati, per coprire la strada. Nelle cantine erano state aperte delle feritoie che davano sulla strada per creare delle postazioni da cui i Panzerfaust *potevano attaccare i carri sovietici. Inoltre le cantine furono trasformate in rifugi e collegate l'una con l'altra attraverso delle aperture nei muri così che si potessero muovere truppe e rifornimenti al coperto. Nei tetti vennero create delle postazioni per i cecchini così come dei percorsi per il passaggio di uomini.*
A causa dell'intenso lavoro di costruzione, l'addestramento al combattimento venne quasi completamente ignorato, anche se per innalzare il morale vennero effettuate letture di materiale propagandistico.
Poco prima della battaglia il Battaglione ricevette un centinaio di fucili. Durante il combattimento, in linea, rimasero solo una sessantina di uomini, e gli altri ritornarono alle proprie case.

Lungo la linea ferroviaria cittadina, molte posizioni della linea di difesa interna e delle posizioni di passaggio vennero costruite in questa maniera, anche se l'estensione dei lavori dipendeva largamente dalla competenza del comandante responsabile per le costruzioni. Lavori di questo genere all'interno di una grande città avrebbero permesso una forte difesa, purché le truppe destinate a combattere fossero determinate a combattere. A Berlino alcune posizioni furono difese tenacemente mentre altre furono occupate dai sovietici praticamente senza alcun combattimento.

4. LE TORRI FLAK

Le torri *Flak* dello Zoo, dell'Humboldthain e di Friedrichshain, insieme con le torri di controllo del tiro (che non erano fornite di cannoni) erano state costruite nel periodo degli attacchi aerei contro la città. La loro funzione era di servire sia da postazioni per la difesa contraerea, sia come punti di comando della difesa aerea, oltre che da rifugi per la popolazione civile. Le torri erano dotate di generatori elettrici e riserve d'acqua autonome e vasti magazzini di cibo e munizioni, e grazie a queste risorse ogni torre poteva ospitare fino a 15.000 rifugiati, oltre alla propria guarnigione militare. Durante i combattimenti, furono affollati di feriti, disertori e civili, e probabilmente la loro capacità ricettiva prevista fu largamente superata.

A causa della loro posizione e del modo in cui erano state costruite, era evidente che non si era pensato ad un loro impiego per la difesa a da terra. Non erano state costruite né feritoie né entrate fortificate, e l'area immediatamente circostante si trovava all'interno dell'angolo cieco dei cannoni sistemati sulle piattaforme e sulle terrazze della torre. Nonostante questi difetti, le torri resistettero molto bene alla battaglia. I cannoni contraerei giocarono un ruolo importante nella battaglia anche nei sobborghi cittadini. Nessuna torre fu penetrata né da bombe né dal fuoco dell'artiglieria pesante. Nell'attaccare la *Flakturm* dello Zoo i carri sovietici aprirono il fuoco contro le finestre delle torri, che erano protette da lastre d'acciaio, ma solo alcune finestre ai livelli inferiori furono colpite, dal momento che i cannoni nemici non avevano un alzo sufficiente per colpire i piani superiori; nelle stanze che vennero colpite furono causate pesanti perdite a causa dei frammenti di cemento, ma il muro portante non cedette.

La difesa ravvicinata delle torri venne condotta da posizioni campali costruite intorno ad esse. Le *Flakturm* dell'Humboldthain e di Friedrichshain resistettero per giorni dopo che erano state completamente circondate. La torre dello Zoo e le torri di controllo antiaereo non si arresero fino alla capitolazione generale della città. In quel momento la *Flakturm* dello Zoo era ancora intatta, mentre la torre di Friedrichshafen era stata resa inoffensiva dal fuoco dell'artiglieria che sparava ad alzo zero e si arrese il 30 aprile, principalmente perché i sovietici spinsero la popolazione civile davanti a loro durante i loro attacchi.

III: Piani per la demolizione

1: I ponti

Erano stati fatti piani per le demolizioni di molti ponti e cavalcavia di Berlino. Un forte contrasto, riguardo all'opportunità della demolizione, esisteva tra chi, come il comandante dell'Area di Difesa, riteneva preminenti le necessità militari, e chi metteva innanzitutto i bisogni della popolazione civile. Soprattutto il Ministro del Reich Speer, fece di tutto per mitigare i provvedimenti di demolizione e l'estensione delle demolizioni. Il problema era fortemente sentito non solo per la loro ovvia funzione di consentire il movimento di uomini e mezzi ma soprattutto per il fatto che gli acquedotti e le fognature passavano per la maggior parte sotto i ponti. Speer riuscì a ottenere da Hitler un ordine in base al quale numerosi ponti particolarmente importanti non venissero demoliti.

Il grado con cui le demolizioni vennero effettuate durante la battaglia variava enormemente, e alcuni ponti furono danneggianti in maniera superficiale, cosicché potevano essere rapidamente riparati e consentire nuovamente il passaggio di carri armati e mezzi militari e civili.

Secondo un'indagine del Colonnello Roos, dei 248 ponti di Berlino, 120 furono distrutti e 9 danneggiati.

Solo alcuni dei cavalcavia vennero demoliti, probabilmente a causa della mancanza dell'esplosivo necessario.

2: La metropolitana e la linea sotterranea cittadina

La rete della metropolitana e la rete di tunnel sotterranea poteva venire utilizzata sia da truppe amiche che nemiche per muovere uomini rimanendo al coperto. In caso di necessità esse potevano venire bloccate da cariche di esplosivo, che erano già state sistemate in vari punti.

Nel corso della battaglia il tunnel sotto il canale Landwehr fu fatto esplodere, dopo di che fu riempito con acqua. Non può essere determinato su ordine di chi queste misure vennero effettuate. Con l'esplosione del ponte Ebert, ad est del ponte Vleidendamm, la rete di tunnel fu distrutta a sua volta, e a causa di questa e di altre esplosioni l'acqua invase i tunnel di larga parte della metropolitana e della rete di tunnel cittadina del centro città, tuttavia pare che queste distruzioni non vennero fatte in maniera intenzionale.

Non può essere provato che avvenne alcuna perdita umana a causa dell'allagamento dei tunnel, tuttavia, questa non potrebbe essere giustificata da nessuna necessità militare[10].

Il Tunnel che portava dalla stazione ferroviaria dello Zoo, (*Bahnhof* Zoo) verso Ruhlben, fu molto usato da militari e civili nella loro fuga verso ovest.

3: Distruzione degli impianti industriali e dirigenziali.

Il 19 marzo, Hitler emise un ordine per la demolizione che divenne noto come "Terra Bruciata" tale ordine affermava:

---

[10] È voce comune tra gli Alleati che dopo la battaglia vennero recuperati da questi tunnel centinaia di corpi.

1: Tutte le installazioni militari, industriali, di rifornimento, di comunicazione e di trasporto, e tutte le proprietà all'internò del Reich che il nemico possa utilizzare fin da subito o in futuro per rinforzare il suo sforzo bellico, devono essere distrutte.
2: Le autorità responsabile per eseguire queste demolizioni sono le seguenti:
a: Le agenzie di comando militari per tutte gli obbiettivi militari, inclusi i trasporti e le istallazioni per le comunicazioni.
b: I Gauleiter e i Commissari per la Difesa del Reich per tutti gli impianti industriali e di rifornimento, e tutte le altre proprietà, le forze armate forniranno loro il supporto richiesto.

Dal momento che queste misure avrebbero di fatto privato la popolazione dei mezzi di sussistenza, i piani di demolizione previsti fuori di Berlino, vennero sottoposti dall' Alto Comando dell'Esercito (Ispettorato alle Fortezze) al Ministro del Reich Speer, affinché persuadesse Hitler a cambiare l'ordine. Le istallazioni di rifornimento di Berlino furono di conseguenza escluse dai piani di demolizione. Al comandante del Genio nell'Area di Difesa fu ordinato di discuterne con l'appropriato Ufficiale di Berlino, il Maggiore Hettasch.

4: LA CREAZIONE DI UNA RETE DI COMUNICAZIONI

Non venne preso alcun provvedimento per fornire i vari enti preposti alla difesa di Berlino di una rete telefonica adeguata, dal momento che non erano disponibili né apparecchiature né unità per comunicazioni. Furono solo assegnati agli uffici militari alcuni membri del personale alle comunicazioni. Così l'Area di Difesa fu costretta a ripiegare sulla rete telefonica civile, e sulla rete telefonica riservata a disposizione delle unità della Contraerea.
Anche se il sistema postale funzionò notevolmente bene nonostante i bombardamenti, non era possibile utilizzare il sistema postale per le comunicazioni con le truppe, perché questo non dava alcuna garanzia sulla rapidità della trasmissione dei messaggi. Dal momento che l'Area di Difesa non aveva apparati radio, le comunicazioni con e tra le varie unità venivano effettuate tramite staffette, che spesso impiegavano ore per percorrere poche centinaia di metri sotto il fuoco nemico e in strade ingombre di macerie.
La mancanza di mezzi di comunicazione adeguati concorse indubbiamente al caos nell'assegnazione degli ordini e nella distribuzione dei rifornimenti durante la battaglia. Dal momento che il *LVI Panzerkorps* aveva ancora a disposizioni i propri mezzi di comunicazione fu meno colpita dal caos imperante tra le altre unità.

5: CONCLUSIONI

La costruzione dell'intera rete di fortificazioni di Berlino fu caratterizzata dalla mancanza sia di personale che di attrezzature adeguate. Nonostante tutti gli sforzi fatti dall'abile comandante della città, il Generale Reymann, la città poté essere dotata solo di alcune postazioni fortificate di media forza. Queste posizioni acquisivano una reale efficacia solo nel centro cittadino, dove delle condizioni più favorevoli erano fornite dagli edifici di mattoni e dalle innumerevoli macerie.
La designazione della città come *Festung* era pura immaginazione. La costruzione delle difese non poteva essere adattata alle esigenze di una efficace forza combattente, dal

momento che questa forza semplicemente non esisteva. Invece la preparazione delle difese fu creata pensando esclusivamente al terreno, e nessuno chiese se nel momento critico del combattimento le postazioni sarebbero state fornite dei necessari difensori. In molti posti le deboli forze della *Volkssturm* non offrirono alcuna resistenza di sorta. Anche se loro avessero mostrato il più grande coraggio, non sarebbero mai stati in grado di difendere la città con successo. La loro difesa aveva il solo effetto di rallentare i sovietici, dal momento che la loro sola presenza li costringeva ad avanzare lentamente e con cautela.

La resistenza incontrata dai sovietici tra il 23 aprile e il 1° maggio non era basta interamente sulle posizioni costruite, ma soprattutto gli uomini del *LVI Panzerkorps* sfruttarono abilmente gli edifici e le macerie per contrastare l'avanzata del nemico.

Il Generale Werner Mummert, comandante la Panzer-Division "Müncheberg

Capitolo 5
La pianificazione per le forze difensive

I: Generale

Abbiamo già detto nelle pagine precedenti come le forze pensate per la difesa di Berlino fossero inadeguate e che fu necessario portare truppe dalla linea del fronte per potere difendere la città. La pianificazione delle operazioni passo di mano in mano seguendo l'improvvisazione del momento. Le difficoltà organizzative che avvennero possono essere evidenziate da un'analisi della catena di comando.

In questo capitolo verrà fatto un tentativo quali forze erano disponibili. Anche se i dati completi sono mancati, è molto probabile che nessuna unità fosse a piena forza.

In aggiunte alle unità locali permanenti e al *LVI Panzerkorps*, a Berlino erano state organizzate un gran numero di unità improvvisate. Altre unità ancora, appartenenti, all'esercito, alla *Luftwaffe*, alla *Kriegsmarine*, alle SS, al Partito, alla Polizia e al Servizio del Lavoro del Reich, furono portate in città all'ultimo minuto. Queste truppe furono portate in città via treno, veicoli a motore, aeroplani da trasporto o a piedi. Alcune unità, benché destinatevi, non raggiunsero Berlino, e altre lo fecero solo in piccoli gruppi, altre semplicemente attraversarono la città dirette verso le postazioni avanzate, mentre altre ancora rimasero fuori città fino a quando non furono costrette a ritirarsi. Molti gruppi si ritirarono verso ovest senza combattere. In aggiunta al *LVI Panzerkorps*, i resti di molte unità che combattevano al fronte si ritrovarono a Berlino.

Le unità qui elencate non costituivano forze di dimensioni adeguate, ma rappresentavano un gran numero di differenti denominazioni di unità. Se fosse possibile fare un elenco di tutte le unità impegnate nella battaglia di Berlino, se ne ricaverebbe un'impressione falsata dalla discrepanza tra la forza reale dei reparti e quella che avrebbero dovuto avere in base ai regolamenti. Bisogna inoltre considerare quale fosse l'effettivo valore di combattimento di questa unità. Non di meno, si spera che il seguente elenco di unità possa dare un'idea indicativa delle forze schierate per difendere la città.

II. Le Forze locali permanenti

1: Quartier Generale del Comandante dell'Area di Difesa di Berlino

Questo Stato Maggiore fu organizzato a partire dal febbraio 1945, dal Quartier Generale del III Corpo, nell'edificio del *III Wehrkreis* in Hohenzollerdamn. Gli ufficiali che ricoprirono l'incarico di comando sono già stati nominati nei precedenti capitoli.

Lo Stato Maggiore era così composto:

Capo di Stato Maggiore: Colonnello (SM) Refior
Capo delle Operazioni: Maggiore (SM) Sprotte
Capo ufficio rifornimenti: Maggiore Weiss
Comandante dell'Artiglieria: Ten. Colonnello Platho
Comandante delle Trasmissioni: Ten. Colonnello Fricke
Comandante del Genio: Colonnello (SM) Lobeck

Il 25 aprile dal momento che i sovietici si stavano avvicinando ad Hohenzollerndamn, il comando fu trasferito nel Bendler Block, il comandante dell'Artiglieria pose il suo comando nella *Flakturm* dello Zoo.

2: LA VOLKSSTURM

Numericamente la *Volkssturm* costituiva l'elemento principale delle difese della capitale, il Generale Reyman dava come sua forza, 92 Battaglioni, (60.000 uomini) di cui secondo i rapporti trenta vennero inviati alle postazioni difensive avanzate. I resti di queste unità potrebbero essersi ritirate a Berlino.

Il *Volkssturm* fu costituito sotto gli auspici del partito, dal Commissario per la Difesa del Reich verso la fine del 1944, e non era considerata come una componente dell'esercito. Il suo compito era di proteggere le retrovie della linea principale del fronte, da piccole infiltrazioni nemiche o da sfondamenti maggiori, e dagli eventuali lanci di paracadutisti, doveva servire come unità di sicurezza nelle posizioni arretrate e gestire la costruzione delle fortificazioni. Originariamente, quindi, le unità del *Volkssturm* non avrebbero dovuto essere schierate al fronte nel quadro delle operazioni dell'esercito, infatti la loro missione poteva essere considerata simile a quella della *Home Guard* britannica.

Una volta che il nemico ebbe messe piede nel territorio del Reich, la situazione di emergenza che si venne a creare, rese necessario l'impiegare le unità del *Volkssturm* come forze combattenti al fronte in maniera crescente, anche se il *Volkssturm* non aveva i mezzi per adempiere a questo servizio. Una volta schierate al fronte, le difficoltà generate dalla divisione del comando divennero insormontabili. Indubbiamente il *Volkssturm* avrebbe dovuto venire organizzata e gestita come parte dell'esercito, ma tutti i tentativi in questo senso fatti dal Colonnello generale Guderian risultarono vani.

A Berlino il *Volkssturm* era suddiviso in due categorie, definite *Volkssturm I* e *Volkssturm II*; il *Volkssturm I* aveva solo alcune armi, mentre il *Volkssturm II* non ne aveva affatto ed era intesa solo come una riserva di manodopera per il *Volkssturm I*. In fase di pianificazione, l'uso di queste forze prevedeva che la *Volkssturm I* si sarebbe schierata in una posizione avanzata, ad esempio lungo il perimetro cittadino, mentre il *Volkssturm II* si sarebbe schierato in posizione arretrata per servire come forza di sicurezza e riserva per rimpiazzare le perdite: questo piano fu in effetti eseguito in alcuni settori.

Il *Volkssturm* era composto da uomini che avrebbero potuto portare le armi in caso di emergenza, ma non erano fisicamente adatti al servizio militare effettivo, il loro raggio di età superava spesso i sessant'anni. Tra i membri del *Volkssturm* si trovavano uomini che non avevano alcuna esperienza militare e veterani delle Prima Guerra Mondiale, questi ultimi si distinsero spesso per il loro alto senso del dovere. Il *Volkssturm* era costituito in Compagnie e Battaglioni, e i comandanti delle unità erano nominati direttamente dal Partito, essi erano infatti considerati parzialmente come Ufficiali della Riserva, e parzialmente come funzionari di partito. In un caso, un Ufficiale di Stato Maggiore che era stato espulso dall'Esercito da Hitler si ritrovò come soldato semplice a servire sotto un comandante che non aveva mai avuto un vero grado militare.

Il *Volkssturm* era organizzato su base locale. Tutti gli abitanti maschi di una località o di un quartiere cittadino erano raggruppati per formare un Battaglione. Quando non erano impegnati in combattimento, questi uomini continuavano la loro normale attività lavorativa, vivevano con le loro famiglie e consumavano i pasti nelle proprie case.

La forza delle Compagnie e dei Battaglioni dipendeva dalla disponibilità di uomini in una data area; a Berlino ogni Battaglione comprendeva tra i 600 e 1.500 uomini.

B: Addestramento

Prima di essere assegnati al servizio effettivo, i membri del *Volkssturm* venivano addestrati nei fine settimana o di sera tra le 17:00 e le 19:00, a meno che non fossero impegnati nei lavori di costruzione delle fortificazioni. L'addestramento verteva nell'imparare l'uso di fucili e mitragliatori, qualora queste armi fossero state disponibili, solo in alcune unità venne effettuato l'addestramento al fuoco con proiettili veri. I comandanti ricevevano le istruzioni e prendevano familiarità con i loro doveri di combattimento locali. Venivano anche organizzati dei corsi di addestramento di tre giorni nei campi delle SA. Il grado di addestramento, pertanto, variava enormemente da unità ad unità, ma era generalmente insufficiente.

C: EQUIPAGGIAMENTO ED ARMAMENTO

L'uniforme dei membri del *Volkssturm* consisteva in una fascia da portare al braccio sopra i loro normali vestiti civili, e il loro armamento era tanto vario quanto inadeguato. Alle unità del *Volkssturm* venivano distribuiti dei fucili e in alcuni casi anche delle mitragliatrici. Queste armi includevano modelli di vari paesi europei, tra i quali cechi, belgi e italiani; solo poche unità avevano a disposizione dei fucili tedeschi. Il rifornimento di munizioni molto spesso era ridotto a soli cinque colpi per fucile, e in alcuni casi le munizioni date non erano adatte al fucile in dotazione. Non era stato distribuito alcun tipo di armi pesanti, ed era disponibile solo un piccolo numero di *Panzerfaust*. A parte i già menzionati trenta Battaglioni, che erano relativamente ben armati, il nucleo del *Volkssturm* era praticamente disarmato. A nessuna unità del *Volkssturm* furono assegnati degli apparati per la comunicazione.
Le razioni alimentari per il *Volkssturm* dovevano venire fornite dalla popolazione locale, anche durante i combattimenti, ma si trattava generalmente di razioni inadeguate alle necessità. Le unità del *Volkssturm* non avevano delle proprie cucine da campo né veicoli per il rifornimento alimentare, cosicché al di fuori della propria area di reclutamento le unità si trovavano praticamente senza alcun rifornimento di cibo.

D: VALORE DI COMBATTIMENTO

Il valore di combattimento del *Volkssturm* contro le esperte e ben equipaggiate unità dell'Armata Rossa, nonostante la volontà di combattere che era spesso presente, era praticamente nullo. Questo non vuol dire che distaccamenti del *Volkssturm* non combatterono con estremo coraggio e valore quando si trovarono impegnati in duri scontri, purtuttavia il nucleo del *Volkssturm* rimase semplicemente nelle proprie case. Alcune unità completamente disarmate vennero sciolte da comandanti militari con una chiara visione della situazione. In alcuni posti, comunque, dove i sovietici attaccarono con poca convinzione e le unità del *Volkssturm* furono in grado di prendere possesso delle posizioni difensive, furono in grado di rallentare l'avanzata nemica per alcuni giorni.

3. LE FORZE DI DIFESA LOCALE, LE ACCADEMIE, LE UNITÀ DI RIMPIAZZO E LE UNITÀ PER LA PROTEZIONE DEGLI IMPIANTI.

A: LE FORZE DI DIFESA LOCALE

All'inizio di gennaio, a Berlino furono organizzati un certo numero di Battaglioni per la difesa locale, composti da uomini in servizio militare che non erano in grado di adempiere al servizio in prima linea. Questi erano armati con fucili e alcune mitragliatrici, perlopiù armi catturate al nemico, e avevano a disposizione un piccolo quantitativo di munizioni. La loro funzione e di sorvegliare i ponti, le stazioni ferroviarie, i campi militari e i prigionieri di guerra.
All'inizio di febbraio, alcuni di questi Battaglioni vennero trasferiti al fronte sull'Oder, mentre altri trasferivano verso occidente i prigionieri di guerra che si trovavano dentro e fuori Berlino. Solo un piccolo numero di Compagnie partecipò ai combattimenti in città, ma il loro valore in combattimento era comunque molto limitato.

B: ACCADEMIE

A Berlino si trovava una scuola per tecnici militari e una scuola per Aspiranti Ufficiali. I corsi si erano svolti in maniera discontinua e gli staff permanenti delle scuole vennero assegnati alla parte meridionale della città. Il personale delle scuole che si trovavano nei dintorni di Berlino a Zossen, Wuensdorf, Doeberitz, Gatow e in altri distretti, vennero per la maggior parte assegnati al combattimento fuori città.

C: TRUPPE DI RIMPIAZZO

Le unità di rimpiazzo (*Ersatz*) dell'Esercito erano state impiegate a febbraio per costituire i contingenti freschi da inviare sul fronte dell'Oder. All'inizio di aprile, un gran numero di uomini della *Luftwaffe* erano stati messi a disposizione del Gruppo d'Armate "Vistola", come unità di rimpiazzo. Dal momento che mancavano del necessario addestramento al combattimento a terra e il loro armamento era inadeguato, questi uomini vennero assegnati alle retrovie o alle posizioni difensive avanzate. Il loro valore in combattimento si può considerare trascurabile.

D: UNITÀ PER LA PROTEZIONE DEGLI IMPIANTI

Ogni grande impianto industriale e i sistemi ferroviario e postale, avevano a disposizione alcune compagnie per la protezione degli impianti. Queste unità, armate con dei fucili, vennero organizzati in Battaglioni e inviati in linea di combattimento. Il loro valore combattivo era comunque minimo.

4: LE UNITÀ DI ALLERTA

Il personale degli uffici militari e i loro staff, vennero organizzati in "Compagnie di allerta". La stessa denominazione fu data a Compagnie formate da convalescenti o dai numerosi sbandati che la polizia militare e le unità per il rastrellamento degli sbandati riuscivano a radunare. Questi soldati erano poco armati e il loro spirito combattivo era generalmente molto basso. Gli sbandati, infatti, potevano essere tenuti insieme solo con l'applicazione di severissime misure punitive.
Verso la fine della battaglia, nelle cantine e nei bunker, vennero trovati migliaia di soldati senza la volontà di combattere. Questo dimostra ancora una volta che non sono i soldati anonimi a combattere, ma quei soldati che conservano il senso della propria identità attraverso una stretta associazione con i propri camerati e i propri Ufficiali.

5: LE WAFFEN-SS

Le unità delle SS che si trovavano a Berlino vennero organizzate dal *Brigadefuhrer* Mohnke in unità ben armate con il morale buono e dall'elevato valore combattivo. Questa Brigata formata da diverse migliaia di uomini venne assegnata alla difesa del Settore Governativo.

Quando il 19 marzo il Tenente Colonnello Platho, assunse il comando dell'Artiglieria dell'Area di Difesa di Berlino, avendo a sua disposizione sette Batterie d'artiglieria leggera e sette Batterie d'artiglieria pesante. Tutti i cannoni erano di produzione straniera, e ogni Batteria aveva a sua disposizione tra i 100 e i 120 proiettili; all'inizio non c'erano né trattori né camion, ma in seguito fu possibile reperire due trattori.

Tra i comandanti delle Batterie si trovavano tre Ufficiali pagatori che non avevano mai servito in artiglieria prima di allora, ma avevano completato un breve corso d'artiglieria in cui ognuno di loro aveva sparato una volta sola. I serventi dei cannoni erano formati da elementi di disparati reparti dell'Esercito, pochi dei quali erano artiglieri, e da elementi del *Volkssturm.*

Non esistevano Stati Maggiori di Reggimento o di Gruppo.

Una linea telefonica tra i punti di osservazione e le Batterie era gestita dalle donne del Servizio Ausiliario della Contraerea. Gli ordini erano trasmessi alle Batterie utilizzando la linea telefonica della più vicina postazione della contraerea. Oltre a questa linea, non esistevano altri apparecchi telefonici né radio.

Il primo sbarramento ordinato dal tenente Colonnello Platho fu applicato in maniera discontinua perché la poca precisione delle Batterie metteva in pericolo i posti di osservazione.

Nel breve tempo disponibile, il comandante dell'artiglieria riuscì ad aumentare il numero delle Batterie disponibili a venti, utilizzando i cannoni rinvenuti nei magazzini e nelle varie scuole.

Alcuni ufficiali d'artiglieria vennero resi disponibili e assegnati o direttamente alle Batterie, o come ufficiali di collegamento presso i comandanti di settore per sostituire gli Stati Maggiori mancanti. Gli equipaggi dei cannoni di fabbricazione tedesca erano costituiti da ex operatori dei riflettori dell'antiaerea che non avevano mai combattuto con dei cannoni prima d'ora. Le riserve di munizioni per questi cannoni non erano più abbondanti di quelle disponibili per i cannoni di fabbricazione straniera.

7: Difese controcarro

Per la difesa controcarro era disponibile un Battaglione demolizione carri, relativamente esperto, formate da tre Compagnie ed equipaggiato con delle *Volkswagen* su ognuna delle quali si trovava una rastrelliera per sei razzi anticarro. Non può essere determinato con certezza se questo battaglione fu impiegato a Berlino, o fu tra quelle unità che vennero trasferite nelle posizioni difensive avanzate.

8: L'artiglieria contraerea

A Berlino si trovava acquartierata la 1ª Divisione *Flak* del Maggiore Generale Sydow, il cui Quartier Generale era nella posizione di controllo antiaereo vicino allo Zoo.

C'erano a disposizione quattro Reggimenti contraerei formati da quattro o cinque Gruppi (con mitragliere da 20 mm e cannoni da 128 mm). Alcune Batterie con cannoni più vecchi e di provenienza straniera venivano impiegati per il fuoco di sbarramento. Prima dell'inizio della battaglia, un Reggimento di riflettori era disperso in tutta la città.

Le difese antiaeree erano centrate intorno alle tre torri contraeree (*Flakturm*), situate rispettivamente nei pressi dello Zoo, a Humboldthain e a Friedrichshain: ogni torre era dotata di Batterie fornite ognuna di sei cannoni da 128 mm, mentre sulle terrazze delle torri si trovavano 12 mitragliere da 20 mm. Il munizionamento era adeguato alle necessità.

Durante il combattimento le torri divennero dei vitali centri di controllo per l'artiglieria; ogni torre era dotata di un collegamento telefonico sotterraneo.

Altre Batterie contraeree avrebbero dovuto venire sistemate lungo il perimetro della città. Questo piano fallì soprattutto perché le Batterie erano state precedentemente installate in postazioni di cemento, il che rendeva difficile spostarle nelle nuove posizioni. Inoltre le unità dell'antiaerea di Berlino non erano addestrate al combattimento a terra: in un caso, di cui fu testimone il Generale Reymann, durante delle prove di tiro su bersagli sistemati nel lago Muggelsee, gli artiglieri non colpirono neanche il lago.

In base a questi dati si può affermare che il valore difensivo delle batterie antiaeree fosse molto limitato, e in molti casi vennero rapidamente sopraffatte dai carri e dall'artiglieria sovietica. Un gruppo di combattimento formato su due Gruppi antiaerei schierati nell' aeroporto di Tempelhof riuscì a trattenere il nemico per due giorni, fino a quando i sovietici non sfondarono dalla parte opposta rispetto a dove erano schierate le Batterie. I cannoni rimanenti vennero quindi fatti saltare, e i serventi superstiti si ritirarono e vennero impiegati come semplice fanteria.

9: LA GIOVENTÙ HITLERIANA

Oltre a partecipare alla battaglia come ausiliari della *Flak* o in piccole unità affiancate ai battaglioni dell'esercito o della *Volkssturm,* la Gioventù Hitleriana organizzo i propri Battaglioni autonomi. Alcuni battaglioni furono riuniti per formare la Brigata Axmann e furono impiegati in operazioni controcarro a est del perimetro cittadino. Erano armati solo di fucili e *Panzerfaust*.

La forza totale della Gioventù Hitleriana a Berlino è sconosciuta. Nella parte occidentale della città, alcuni Battaglioni combatterono sotto il comando del Capo della Gioventù del Reich nella torre radio del settore, e vicino Pickeldorf, dove riuscirono a mantenere una testa di ponte. Il coraggio e l'entusiasmo dimostrato riuscivano tuttavia solo in parte a sopperire alle carenze nell'addestramento e nell'armamento.

III Il *LVI Panzerkorps*

Il *LVI Panzerkorps*, al comando del Generale d'Artiglieria Weidling, venne trasferito a Berlino il 24 aprile 1945. Il capo di stato maggiore del Corpo era il Colonnello (SM) von Duffing, altri membri dello stato maggiore erano: Il capo delle operazioni, Maggiore (SM) Knabe, il Capo dell'ufficio rifornimenti, Maggiore (SM) Wagner e il comandante dell'Artiglieria del Corpo, Colonnello Woehlennann.

Le seguenti unità erano presenti a Berlino sotto il comando del *LVI Panzerkorps*:

1: La *20. Panzer-Grenadier-Division*. Questa Divisione aveva sofferto pesanti perdite in uomini e materiali durante i combattimenti sull'Oder, e il suo valore di combattimento era di conseguenza molto basso.

2: La *Panzer-Division "Muenchemberg"*(Comandante il Maggiore Generale Mummert). Questa Divisione venne riorganizzata durante la primavera a Doeberitz e battezzata "Doeberitz", in seguito si fu costretti a rinominarla per evitare confusione con la divisione di fanteria omonima. In seguito ai duri combattimenti sull'Oder la Divisione giunse a Berlino con solo la metà della sua forza autorizzata e non più di venti carri; era un'unità provata dall'azione, ma ancora in grado di combattere.
3: La *18. Panzer-Grenadier-Division* (Comandante il Maggiore Generale Rauch). Riattivata nella primavera del 1945, questa Divisione aveva approssimativamente lo stesso valore in forza e spirito combattivo della *"Muenchenberg"*.

4: La *SS-Panzer-Grenadier "Nordland"* (Comandante il *Gruppenfuhrer* delle SS Ziegler). Formata con soldati provenienti dalla Scandinavia. Era inferiore in forza e in valore di combattimento alla *"Muenchenberg"*.

5: Il 408° *Volks-Artillerie-Korps*. Quest'unità era composta da quattro Gruppi di artiglieria leggera, due Gruppi di artiglieria pesante armati con cannoni sovietici catturati da 152mm e un Gruppo di obici con quattro obici. Circa il 60% dei pezzi d'artiglieria furono portati a Berlino anche se praticamente senza munizioni.

6: I resti di altre unità di combattimento, inclusi elementi della 9ª Divisione Paracadutisti e della *SS-Grenadier-Division "Nederland"*. Queste unità avevano poca forza combattiva e un basso valore di combattimento.

IV: L'AVIAZIONE

Unità della *Luftwaffe* entrarono in combattimento dentro e fuori Berlino nei primi giorni di combattimento, in formazioni di 40 o 60 aeroplani, prendendo parte alle operazioni e ricevendo istruzioni direttamente dal Capo di Stato Maggiore della *Luftwaffe*.

V. CONCLUSIONI

1: POTENZA DI COMBATTIMENTO

Numericamente, un rapido sguardo alle forze presenti in città dava i seguenti dati: il *LVI Panzerkorps* aveva una forza equivalente a quella di due Divisioni, le forze delle *Waffen-SS* a circa mezza Divisione, e tutte le altre forze in città da due a tre Divisioni, in totale da quattro a cinque Divisioni.
La città conteneva da 50 a 60.000 uomini e circa 60 carri armati[11].

---

[11] I dati forniti dai sovietici sono largamente esagerati. Il Generale Berzarin [si tratta probabilmente di un errore dell'autore, in quanto il Colonnello Generale Nikolaj Erastovich Berzarin morì a Berlino il 16 giugno 1945, NdC] nella rivista nazionale di difesa, 1951, p. 425, ha stimato la forza tedesca in 180.000 unità. Questo dato potrebbe in effetti corrispondere alla forza autorizzata se tutte le unità tedesche fossero state a pieno organico, ma non alla forza reale dispiegata sul campo. Il gran numero di prigionieri preso dopo la resa può essere spiegato con il fatto che molti soldati presenti in città appartenenti ad unità sbandate o disertori, non presero parte ai combattimenti, e che all'inizio i sovietici presero prigionieri chiunque indossasse un uniforme, compresi gli addetti alle ferrovie, i poliziotti cittadini e i membri del Servizio del Lavoro del Reich.

Non ci sono dati che indicano il numero effettivo delle perdite sostenute, ma esse furono ovviamente molto alte a causa della natura del combattimento urbano.

Le "Altre Forze" il cui numero sopra è stato stimato in due/tre Divisioni, erano per la maggior parte resti di unità appartenenti a varie Forze Armate, Compagnie della *Volkssturm*, unità di allerta, membri della Gioventù Hitleriana, parti di unità sbandate provenienti dal fronte, e unità delle SS che si trovavano schierate a intermittenza fianco a fianco sul campo di battaglia senza avere una gestione comune degli scontri. Un Battaglione lettone appartenente a questa categoria passò immediatamente al nemico. L'unità adiacente era spesso sconosciuta, e altrettanto spesso virtualmente irraggiungibile se non tramite staffette che impiegavano ore per percorrere poche centinaia di metri nelle strade ingombre di detriti. Non c'erano armi pesanti e solo qua e là si poteva vedere qualche postazione controcarro o antiaerea. La capacità di unità di ottenere cibo e munizioni, dipendeva largamente dall'abilità o dall'ingenuità del comandante.

2: Spirito combattivo

Lo spirito combattivo era largamente sostenuto dalla paura dei sovietici e dalla speranza, chiaramente creata dall'impianto propagandistico di Goebbels, per il cambio di fronte degli alleati occidentali, e per il lancio di potenti contrattacchi tedeschi. D'altro canto, la durezza dei combattimenti, e il prolungarsi della lotta insieme alla disperazione per il rapido deteriorarsi della situazione, provocavano affaticamento e letargia, e la pressione nervosa spesso diventava insostenibile.

Verso la fine della battaglia, l'uomo che ancora teneva in mano un'arma lo faceva spinto sia dal senso del dovere, che dalla forza della disperazione. Si possono vedere molti esempi di coraggio tra membri appartenenti a varie unità, le *Waffen-SS*, l'Esercito, la *Volkssturm*, la Gioventù Hitleriana. Tra coloro che continuavano a combattere, il numero di quelli che vedevano la resa come un tradimento o che erano nazisti fanatici era molto basso. Tuttavia, quando vennero iniziati i colloqui per la resa, alcuni parlamentari come il Colonnello Woelhermann furono minacciati di morte.

Nel complesso la condotta della popolazione civile fu esemplare. Tuttavia, alcuni veterani riportano che nei quartieri orientali, dove era sempre stata forte la presenza comunista alcuni elementi della popolazione fraternizzarono con i sovietici e presero le armi con loro.

CAPITOLO 6

RIFORNIMENTI

I: MUNIZIONAMENTO

Secondo un rapporto del Capo Tecnico della Logistica[12] Schmidt, a Berlino, prima della battaglia, esistevano tre grandi depositi di munizioni: il Deposito Martha, nel Parco del Popolo di Hasenheide (nella zona sud della città), il Deposito Marte, nel Parco Grunenwald sul Teufelssee (nel settore occidentale), e il deposito Monika nel Parco del Popolo Jungfemheide (nel settore Nord Ovest). Prima dell'inizio dei combattimenti questi depositi erano pieni all'80%. Quantità più piccole di munizioni erano sistemate in piccoli depositi nell'area del Tiegarten.

Con l'avvicinarsi della minaccia sovietica da nord i 2/3 delle munizioni contenute nel Deposito Monika vennero trasferito utilizzando dei cavalli al Deposito Marte. Sia il Deposito Marte che il Deposito Martha caddero in mano sovietica il 25 aprile.

Quando chiesi esplicitamente ragguagli sulla dotazione di munizione al Comandante dell'Artiglieria dell'Area di Difesa, il Colonnello Platho affermo esplicitamente che non era a conoscenza dell'esistenza dei tre depositi sopra menzionati, i motivi della sua ignoranza, non possono essere determinati dall'autore di questo testo. Da una parte infatti, i rapporti dei combattimenti indicano una cronica mancanza di munizioni, cosa che del resto fu una caratteristica della battaglia di Berlino, d'altra parte non esiste motivo per dubitare delle parole del Capo Tecnico Schmidt, che era un membro dello staff amministrativo dedicato al munizionamento, specialmente dal momento che l'esistenza di questi depositi è confermata da un altro rapporto.

È possibile che nei depositi non vi fossero conservate le munizioni per le armi di provenienza straniera, che costituivano la maggior parte delle armi in dotazione alla *Volkssturm* e dell'artiglieria permanente locale. C'è anche la possibilità che questi depositi fossero chiusi fino al momento in cui la città non venne circondata, per prevenire che le munizioni venissero distribuite agli altri fronti e che poco dopo l'accerchiamento in città e il ritiro nella stessa del *LVI Korps* (dotato di armi di produzine tedesca) i depositi siano caduti in mano sovietica. Questi tentativi di spiegazione possono venire supportati da un rapporto sulla situazione del comando come descritta nel capitolo 3.

La carenza di munizioni è un fatto inequivocabile, nonostante il fatto che all'inizio fossero disponibili dei depositi ben forniti. I dati sulle munizioni forniscono un'altra conferma dell'assenza di un piano di difesa coordinato e completo. Numerosi depositi più piccoli sistemati nel cuore della città sarebbero stati più utili di tre grandi depositi nei sobborghi.

---

[12] Grado equivalente a Maresciallo Capo.

II: Carburante

Al momento non sono disponibili dati certi sulla situazione dei rifornimenti di carburanti. Il carburante fu così limitato tuttavia, che si dovette sospendere l'uso delle pale meccaniche per la costruzione di fortificazioni, e fu impossibile fornire il trasporto motorizzato delle unità. In certi casi i carri armati dovettero venire interrati e usati come postazioni fisse a causa della mancanza di carburante.

III: Cibo

A Berlino, in aggiunta ai magazzini alimentari per i civili, esistevano dei ben forniti depositi alimentari della *Wehrmacht*. Tuttavia i piani fatti per una rapida distribuzione delle scorte furono rapidamente annullati dallo sviluppo degli eventi.
Un grande deposito alimentare della *Wehrmacht* si trovava fuori l'anello esterno di difesa, presso Klein-Machnow, sulla sponda meridionale del canale Teltow. Non venne fatto alcun piano per lo svuotamento rapido e la distribuzione dei rifornimenti contenuti in questi depositi, al contrario, anche quando il primo carro sovietico si trovò a poche centinaia di metri dal deposito, l'ufficiale dell'esercito responsabile dell'amministrazione del deposito si rifiutò di distribuire le razioni ai militi della *Volkssturm* schierati sulla sponda nord del canale perché non era stato compilato l'apposito modulo regolamentare. I rifornimenti vennero incendiati all'ultimo momento, dal momento che i preparativi per la loro distruzione erano stati portati avanti con largo anticipo. In molti posti quindi le truppe si ritrovarono a corto di razioni, mentre in altri le truppe si rifornivano dai depositi situati nel loro settore di competenza.

IV: Acqua

A causa della distruzione del sistema idrico cittadino durante i combattimenti si registrò una carenza d'acqua in molti settori. Era possibile, comunque, per le truppe rifornirsi d'acqua nei pozzi e nei canali della città.

CAPITOLO 7

MISURE PER LA SICUREZZA DELLA POPOLAZIONE CIVILE

Non è noto l'esatto numero dei civili che, al momento dell'accerchiamento, erano presenti a Berlino. A causa dell'evacuazione su larga scala, di donne vecchi e bambini durante i raid aerei del 1943, la popolazione originaria di circa 4.5 milioni di abitanti era scesa a 2.5 milioni. Tuttavia un gran numero di persone che erano state evacuate verso est rientrarono a Berlino sotto la pressione dell'Armata Rossa, un gran numero di rifugiati delle regioni orientali fu anche essa sistemata in città.

Non fu mai presa in considerazione la possibilità di un'evacuazione su larga scala della popolazione. Gli abitanti venivano incoraggiati a rimanere dove si trovavano perché sarebbe stato impossibile trovare un luogo sicuro per tutti. D'altro canto chi desiderava abbandonare la città di propria iniziativa era libero di farlo, purché ovviamente non fossero legate al lavoro negli uffici nelle fabbriche o nella *Volkssturm*.

Si può stimare pertanto il numero di abitanti a Berlino al momento dell'accerchiamento tra i 3 e i 3.5 milioni.

Numerosi depositi alimentari erano stati creati in tutta la città per rifornire la popolazione del cibo necessario. Nonostante la distruzione di molti depositi da parte delle forze tedesche o durante i combattimenti, al termine della battaglia dovevano trovarsi in città ancora grosse riserve alimentari, e nonostante il saccheggio deliberato da parte delle forze sovietiche e dei lavoratori stranieri liberati, fu comunque possibile sia per le truppe sovietiche che per la popolazione civile, vivere per diversi mesi con il contenuto di questi depositi, anche se bisogna ammettere che la popolazione ricevette solo lo stretto necessario per sopravvivere.

I rapporti non danno un quadro chiaro, se, per diverse settimane, le razioni vennero o meno distribuite alla popolazione, apparentemente questa misura venne presa in alcune zone della città e non in altre. Anche durante i combattimenti lunghe file di civili si formavano fuori dai depositi per prelevare la propria razione.

Un problema particolare era dato dai circa 120.000 neonati della città. Quando il Generale Reymann chiese a Hitler chiarimenti a riguardi, egli negò l'esistenza di questi bambini in città. Questa risposta è indicativa dell'ignoranza di Hitler sulle condizioni della sua stessa capitale che lui vedeva solo attraverso la lente deformante del *Führerbunker*.

Il Dr. Goebbels riferì al Generale Reymann, che in città si trovava una quantità sufficiente di latte condensato e che inoltre in caso di accerchiamento le mucche degli allevamenti nei nei sobborghi cittadini sarebbero state portate in città. Lui non diede comunque risposta su come sarebbero state nutrite le mucche.

I piani realizzati per nutrire la popolazione vennero rapidamente rese inefficaci dal fatto che la maggior parte dei depositi si trovavano nei sobborghi cittadini e caddero rapidamente in mano sovietica.

Vennero fatti alcuni tentativi di assicurare il rifornimento idrico, anche dopo la distruzione degli acquedotti, con lo scavo di pozzi e l'uso delle riserve dei vigili del fuoco.

L'SS-Brigadefuhrer Mohnke, comandante del settore "Cittadella".

Un filo conduttore che possiamo trarre attraverso tutti i capitoli è dato dal fatto che Berlino era largamente impreparata ad affrontare una battaglia.
Non di meno lo svolgimento della battaglia dimostra come il combattimento all'interno di una grande città sia estremamente difficile non solo per i difensori ma anche per chi attacca con una forza largamente superiore. L'esperienza tratta da Stalingrado, Königsberg e altre grandi città venne confermata a Berlino.
Dalla battaglia di Berlino possiamo trarre le seguenti lezioni.

1: L'abilità di una grande città di difendere sé stessa dipende non tanto non tanto da quante posizioni difensive siano state preparate in precedenza, ma dall'estensione della città stessa. Più grande sarà l'estensione della distruzione portata dall'artiglieria o dai bombardamenti aerei, più facile sarà difenderla.

2: L'intera pianificazione e gestione della difesa deve essere posta nelle mani di un singolo e pienamente responsabile comandante. Tutte le più alte agenzie non necessarie alla difesa della città devono essere immediatamente evacuate prima dell'inizio dei combattimenti.

3: I piani devono essere preparati in anticipo, in modo che sia possibile attuarli nel momento giusto. Questo sia applica sia alla costruzione di fortificazioni, che alla gestione delle truppe e all'amministrazione e distribuzione dei rifornimenti.

4: Le forze difensive devono essere formate da unità di prima classe. Truppe di valore combattivo inferiore non sono adatte al combattimento casa per casa. A queste unità devono essere date istruzioni sulle particolarità del combattimento urbano in grandi città, con uno stile di combattimento da commando, combattimento ravvicinato, cecchini sui tetti e difesa contro le infiltrazioni del nemico. Devono essere presenti riserve sufficienti per i contrattacchi e il rimpiazzo delle perdite.

5: Le seguenti armi si sono provate efficaci: armi da combattimento ravvicinato di tutti i tipi, *Flak* sia contro bersagli aerei che terrestri, carri armati e cannoni d'assalto per la difesa controcarro e il contrattacco. È inoltre necessario un'ampia fornitura di apparecchi radio.

6: Gli abitanti devono essere evacuati, anche se in città deve rimanere un numero di persone sufficiente a portare avanti quelle attività vitali, come lo sgombero di macerie e la distribuzione dei rifornimenti, oltre che i lavori di officina e riparazione. Questa parte della popolazione deve essere subordinata al comandante della difesa. Un particolare supporto psicologico deve essere fornito alla popolazione civile.

7: È essenziale un forte e affidabile servizio di polizia militare.

Anche se dal punto di vista strategico, la battaglia di Berlino non è stata molto esaminata, in quanto è stato preferito esaminare gli aspetti tattici e tecnici delle operazioni, possiamo comunque trarne le seguenti considerazioni: Da tutti i punti di vista i piani per la difesa di Berlino erano incompleti e incoerenti. La ragione principale fu data dall'assoluta mancanza di materiale umano e di risorse adeguate alla dimensione dello scontro, oltre che dall'assenza di una chiara organizzazione, che come abbiamo dimostrato è un elemento primario per la conduzione delle operazioni belliche.

BREVE RESOCONTO DELLE OPERAZIONI BELLICHE

I: COMBATTIMENTI DENTRO E FUORI BERLINO
(16-22 APRILE 1945)

Prima dell'inizio dell'offensiva sovietica, vennero tenute in riserva alle spalle del fronte dell'Oder una Divisione corazzata e quattro Divisioni *Panzergrenadier*. Queste unità avevano sofferto gravi perdite nei precedenti combattimenti, e non erano ancora pienamente ricostituite. Due di queste unità, le Divisioni delle SS *"Nordland"* e *"Nederland"*, erano composte per la maggior parte da personale non di origine tedesca.
Tra il 12 e il 15 aprile il nemico provvide ad allargare la testa di ponte di Kuestrin in preparazione dell'assalto principale. Fu necessario, già in questa fase schierare in linea di combattimento la divisione corazzata *"Muencheberg"*
Il 16 Aprile i sovietici iniziarono la loro offensiva su larga scala attaccando dalla testa di ponte di Kuestrin e attraverso il fiume Neisse nel settore Forst-Guben, contro le posizioni tenute dalla IV Armata *Panzer* del Gruppo d'Armate Schoerner. Anche se il fronte dell'Oder riuscì a mantenere la sua unità nel corso di tutta questa prima giornata, alcune unità erano sottoposte a una tale pressione che fu necessario trarre dalla riserva la 25. Divisione *Panzer-Grenadier* per supportare la linea del fronte.
Tra il 17 e il 18 aprile il nemico riuscì a penetrare con successo nelle linee difensive tedesche, le cui forze nella zona della testa di ponte iniziarono ad indebolirsi sensibilmente. Per questo motivo il trasferimento delle riserve al fronte fu accelerato, il 18 aprile venne schierata la *18. Panzer-Grenadier-Division*, seguita quasi immediatamente dalla *"Nordland"* e da elementi della *"Nederland"* di conseguenza dopo questa data non fu più possibile lanciare dei contrattacchi a causa della mancanza di sufficienti riserve. Il *LVI Panzerkorps* schierato ad est di Berlino poteva solamente ritardare l'avanzata sovietica arretrando combattendo passo dopo passo.
La punta d'attacco nel settore tra Forst-Gruben riuscì ad aprirsi la strada nelle difese tedesca e avanzare in campo aperto. Le forze sovietiche in avanzata da questo settore effettuarono una conversione verso nord minacciando così il fianco e le retrovie della 9ª Armata e la stessa Berlino da sud. Per affrontare questa minaccia venne schierata la Divisione *Jahn*, un'unità ancora in corso di formazione con elementi provenienti dal Servizio del Lavoro del Reich. La Divisione venne schierata su ordine dell'Alto Comando dell'Esercito, lungo una linea di quaranta chilometri a sud e intorno a Baruth. Questo era il cosiddetto Gruppo d'Armate "Sprea". Il 20 aprile i sovietici sfondarono questa debole linea difensiva raggiungendo Zossen il 21 e i sobborghi meridionali di Berlino il 22. Alcuni elementi della Divisione *Jahn* si ritirarono a Postdam.
L'Ala meridionale del 1° Gruppo d'Armate sovietico [in realtà si tratta dell'8ª Armata della Guardia del Generale Chujkov, la stessa che aveva difeso Stalingrado, NdT] avanzando dalla testa di ponte di Kuestrin svoltò verso sud lungo la linea Erkner-Froncoforte sull'Oder. Il centro del gruppo d'armate ingaggiò il *LVI Panzerkorps* che venne respinto verso Berlino dopo duri combattimenti. L'ala nord del gruppo d'armate invece incon-

trò poca resistenza e raggiunse Werneuchen il 21 aprile, mentre il giorno seguente le sue unità avanzavano verso Bernau e il fiume Havel verso Henningsdorf a nord di Spandau, incontrando una debole resistenza.

Per proteggere il fianco meridionale della III Armata *Panzer*, che stava ancora tenendo il fronte lungo il corso meridionale dell'Oder, Il Gruppo d'Armate "Vistola" aveva in precedenza preparato diverse unità di sicurezza lungo il canale Finow fino ad Oranienbaum, queste forze consistevano in alcuni battaglioni della polizia e unità di rimpiazzo della *Luftwaffe*. Il 19 aprile una Divisione da campo della *Kriegsmarine* aveva iniziato a muoversi da Swinemunde verso Oranienburg. A causa della distruzione della rete ferroviaria da parte dell'aviazione nemica solo due Battaglioni poterono raggiungere la zona di operazioni, arrivando in tempo per respingere un debole tentativo sovietico di attraversare l'Havel. Le forze di sicurezza situate tra Oranienburg alle vicinanze di Eberswalde vennero poste sotto il comando dell'*Obergruppenfuhrer* delle SS Steiner.

Dal momento che il Gruppo d'Armate "Vistola" non aveva a disposizione abbastanza uomini per tenere il settore tra Oranienburg a Spandau venne richiesto all'Alto Comando dell'Esercito di mettere questi uomini a disposizione. A questo scopo venne costituita la cosiddetta *"Brigata Mueller"* formata dai resti di alcuni Battaglioni provenienti da Doeberitz. Queste forze o non raggiunsero l'Havel o offrirono poca resistenza, dal momento che i sovietici riuscirono a superare il fiume occupandone la sponda occidentale e trovandosi in posizione per accerchiare Berlino da Ovest. Quello stesso giorno il 22 aprile, forze sovietiche raggiunsero il perimetro della città tra Pankow e Weissensee provenendo da Nord Ovest.

Commento:

Il collasso del fronte sull'Oder fu un inevitabile conseguenza della superiorità numerica e materiale dell'Armata Rossa. Le forze di riserva disponibili erano troppo deboli e anche se fossero state radunate in unico nucleo alla luna sarebbero state troppo deboli per potere ottenere un successo. Anche se il nucleo delle forze tedesche combatté valorosamente, il completo fallimento di singole unità mostra che il morale delle forze tedesche non era uniformemente alto. Appare, inoltre, necessario tenere conto non solo della carenza di materiale di ogni genere,ma anche della mancanza di ogni tipo di supporto aereo, inoltre molte delle vecchie unità così come delle nuove aveva al suo interno un gran numero di personale inesperto.

Hitler credeva che l'attacco attraverso la Neisse, avrebbe avuto come obbiettivo Praga passando attraverso Dresda. Invece la principale forza d'attacco venne diretta verso Berlino. A causa di questi sviluppi, Hitler, sbagliò gravemente, quando, nonostante le proteste del Gruppo d'Armate "Vistola, ordinò alla 9ª Armata di resistere sull' Oder centrale. Quest' ordine fece si che sia la 9ª Armata che Berlino venissero accerchiate da sud.

Le misure di sicurezza prese lungo il canale Finow, si rivelarono dei semplici espedienti assolutamente inadeguati per la situazione a sud di Oranienburg.Per assicurare che le truppe occupassero in tempo quest'importantissima linea, l'Alto Comando dell'Esercito, avrebbe dovuto essere sicuro che le vie di comunicazione con la parte ovest di Berlino fossero mantenute aperte. Ma qui, come sul fronte meridionale, mancavano le truppe necessarie perché la 9ª Armata era bloccata lungo l'Oder.

I comandanti sovietici furono molto veloci nello sfruttare i varchi che si venivano a creare tra le linee tedesche, allargando le brecce e consentendo a vasti nuclei motorizzati e corazzati di avanzare. Loro, correttamente, valutarono come la minaccia portata alle loro punte avanzate dalle unità tedesche schierate sui fianchi fosse pressoché nulla, Tuttavia la loro avanzata verso Berlino fu molto prudente. Appare evidente come i sovietici sovrastimassero il numero di soldati tedeschi presenti nella zona oltre che la forza della posizione difensiva. Il Gruppo d'Armate "Vistola" si aspettava che i primi carri sovietici avrebbero occupato la Cancelleria del Reich il 21 o il 22 aprile. Certi generali come Rommel o Patton, non si sarebbero farti sfuggire quest'opportunità mentre il *LVI Panzerkorps* era ancora a est della città e un attacco da nord avrebbe avuto ottime possibilità di successo.

Nonostante i preparativi fatti per la difesa di Berlino, il 22 aprile la città era vulnerabile ad un potente attacco proveniente da nord, nord est, o da sud. Approssimativamente lungo sessanta chilometri del perimetro difensivo cittadino (escluso la parte occidentale che non era ancora stata attaccata), e nelle posizioni lungo il circuito ferroviario cittadini erano schierate solamente unità della *Volkssturm* o altre unità dal debole valore combattivo. Il centro amministrativo era sorvegliato dalle sole unità delle SS.

II: Combattimenti dentro e fuori Berlino
(22-30 Aprile 1945)

Il 23 aprile i sovietici attaccarono le posizioni lungo il perimetro cittadino a sud, est e nord, riuscendo a sfondare in diversi punti, e ad est spingendosi avanti fino all'anello di difese esterne dove furono fermati solo dall'appoggio dato ai difensori dell'artiglieria della torre *Flak* di Friederichshafen.

Avanzando ad ovest attraverso Spandau ad ovest dell'Havel, i sovietici, raggiunsero Doberitz il 23 aprile, Nauen il 24 e Rathenow il 25. La sera del 23 aprile l'Armata Rossa, spingendosi a sud di Doberitz, circondò Berlino anche da ovest. Anche Postdam venne accerchiata.

La sera del 23 aprile il Generale Weidling assunse il comando della città e, la stessa notte, mosse a Berlino le truppe del *LVI Panzerkorps*. Le Divisioni vennero immediatamente assegnati ai punti cruciali della linea difensiva. I resti della 20. Divisione *Panzergrenadier* si schierarono a sud ovest, la *Panzer-Division "Muenchenberg"* a sud est, la Divisione *Panzergrenadier "Nordland"* e i resti della *"Nederland"* a est e la *18. Panzergrenadier* nella parte settentrionale e meridionale del settore dello Zoo. Questa illustrazione dello schieramento delle unità può servire solo come traccia indicativa dal momento che la posizione e la composizione delle unità cambiava ogni giorno o addirittura ogni ora. Il *Panzerkorps* e le unità delle SS, ora sotto il comando di Mohnke, sopportavano il peso maggiore dei continui attacchi sovietici che erano concentrati nei settori sud est, nord ed est. Ad ovest, Berlino era attaccato da forze più deboli rispetto a quelle negli altri settori, ma erano comunque nettamente superiori ai difensori. Le forze provenienti da sud, appartenenti al 1° Fronte Ucraino avevano distaccato diverse unità contro la 9ª Armata, Postdam e in seguita la 12ª Armata.

Nel corso di pesanti combattimenti le forze tedesche furono respinte all'interno del circuito ferroviario cittadini e in alcuni punti anche più all'interno. Il 30 aprile rimanevano in mani tedesche solamente il settore governativo, le immediate vicinanze del Tiergarten e una striscia di terreno a partire dal settore dello zoo fino ad arrivare al fiume Havel che in alcuni punti era ancora sotto il controllo dei difensori. I sovietici impiegavano un accuratamente pianificata procedure d'attacco. Ogni nuovo assalto era preceduto dal bombardamento aero e dal fuoco dell'artiglieria pesante, la fanteria era supportata da carri armati operanti sia singolarmente che in gruppo, e da squadre di genieri d'assalto armate di lanciafiamme ed equipaggiamento da demolizione. L'avanzata era effettuata per piccoli settori, strada per strada o casa per casa la fanteria sfruttava ogni opportunità per infiltrarsi tra le linee tedesche passando attraverso cortili, cantine, tunnel della metropolitana e fognature, in questo modo molti punti fortificati poterono venire attaccate da dietro o da sotto.

All'inizio i difensori fecero uso delle posizioni preparate anticipatamente. Dopo essere stati respinti da queste, nuove posizioni vantaggiose vennero trovate negli isolati bombardati, nelle cantine e nei vari edifici. I pochi *Panzer* disponibili prendevano posizioni di tiro adeguate in mezzo alle rovine, o venivano utilizzati per dei contrattacchi locali. Dopo che i carri armati terminavano il carburante venivano messi in posizioni interrate per fungere da artiglieria controcarro. I difensori si ritiravano in modo da potere sfruttare l'appoggio dei grandi bunker antiaerei e soprattutto dell'artiglieria contraerea delle torri soprastanti, ognuna delle quali era circondata da zone fortificate. L'artiglieria mobile doveva venire posizionata negli spazi aperti come parchi e le aree ferroviarie, e verso la fine della battaglia praticamente tutti i cannoni rimasti si trovavano radunati nel Tiergarten.

COMMENTO:
Il carattere dei combattimenti di strada e il grande uso di materiale da parte dei sovietici portò ad un notevole esaurimento delle forze. Per portare avanti la lotta era necessario un costante flusso di combattenti freschi, di cui ovviamente gli attaccanti al contrario dei difensori avevano larga disponibilità.

I piani tedeschi avevano fallito nel fornire alle posizioni difensive del perimetro cittadino una adeguato numero di difensori sarebbero state necessario forze più forti di quelle infine messe a disposizione dal *LVI Panzerkorps*. Dopo che Berlino venne circondata e i sovietici riuscirono a penetrare nel cuore stesso della città, sarebbe stato impossibile, anche combattendo a lungo, fermare gli attaccanti, nonostante ciò il *LVI Panzerkorps* possedeva ancora abbastanza coraggio e forza combattiva per infliggere pesanti perdite ai sovietici resistendo per più di una settimana dietro linee difensive pericolosamente estese.

Dopo che i sovietici fallirono nel prendere la città al primo assalto prima dell'arrivo del *Panzerkorps*, la procedura di combattimento sistematica da essi applicata divenne necessaria.

III: GLI ATTACCHI DI SOCCORSO
(24-19 APRILE 1945)

1: DA NORD

Non appena apparve imminente che i sovietici stessero per sfondare le linee tedesche nella zona di Bernau verso Wriezen,il Gruppo d'Armate "Vistola" iniziò correttamente a preoccuparsi per il fianco meridionale della 2ª Armata *Panzer*. Le misure prese per la protezione della linea del canale da Eberswalde a Oranienburg sono descritte più sopra. Quando, il 22 aprile, i sovietici riuscirono con successo ad attraversare il canale Havel, per le retrovie del Gruppo d'armata la ritirata verso Amburgo o il Meckleburgo presentava notevoli pericoli. L'unica possibilità per contrastare questa minaccia era di lanciare un contrattacco proveniente da sud, dal canale Finow contro l'allungato fianco della punta di lancia sovietica. Quello stesso giorno, il 22 aprile, il comando del gruppo d'armate ordinò all'*Obergruppenführer* Steiner di lanciare questo attacco e per questo scopo, mise a sua disposizione sette battaglioni improvvisati. Queste forze miste non furono pronte ad attaccare fino al 24 aprile, l'attacco colse di sorpresa alcune unità di sicurezza sovietiche e si spinse avanti per circa dieci chilometri tra Zehlendorf e Klosterfelde, a questo punto i sovietici misero campo unità più forti e respinsero i tedeschi dietro il canale Finow sulle loro posizioni di partenza.

L'attacco aveva raggiunto il suo scopo di distrarre le forze sovietiche che altrimenti sarebbero state libere di avanzare ulteriormente verso ovest. Lo stesso scopo fu ottenuto mantenendo una testa di ponte a Eberswalde, testa di ponte che venne attaccata per giorni da elementi della 2ª Armata Polacca. Hitler vide in quest'operazione la possibilità di soccorrere Berlino lanciando un attacco con forze maggiori da nord, pertanto ordinò a Steiner di lanciare un'offensiva verso Spandau dall'area a ovest di Oranienburg. Keitel ripetutamente diramò quest'ordine al Quartier Generale del Gruppo d'Armate. Per quest'operazione le truppe dovevano essere portate dalla linea dell'Elba, anche la *25. Panzergrenadier-Division*, che stava combattendo nei pressi di Eberswalde doveva partecipare all'attacco. Nel frattempo, tuttavia, la situazione si era radicalmente modificata, l'*Obergruppenführer* Steiner aveva a sua disposizione una sola divisione male assortita e si trovava di fronte un massiccio spiegamento di forze sovietiche, il 25 aprile le linee della 3ª Armata *Panzer* erano state sfondate nei pressi di Stettino e fu quindi necessario per l'armata ritirarsi ad ovest abbandonando la linea del canale Finow. La 3ª Armata *Panzer* poté avere l'aiuto della *25. Panzergrenadier-Division* il che rese possibile un ulteriore ripiegamento che di fatto portò all'uscita dell'armata da questo settore. Il *Korps Holste*, proveniente dall'Elba, dovette muoversi con maggiore rapidità per potere allungare il fianco meridionale della 3ª Armata *Panzer* lungo il canale Reno e bloccare un attacco sovietico diretto contro Amburgo.

Un duro scontro scoppiò tra il comandante del Gruppo d'Armate "Vistola", il Generale Heinrici e il Feldmaresciallo Keitel, con quest'ultimo che vedeva come un tradimento i tentativi di Heinrici di salvare i resti del suo Gruppo d'Armate. Il 29 aprile Keitel sollevò Heinrici dal comando per sostituirlo con il Colonnello Generale Student; il Colonnello generale von Tippelskirch assunse il comando ad interim fino all'arrivo del nuovo comandante. Data la situazione attuale i movimenti ordinati da Heinrici vennero eseguiti, e il nucleo della 3ª Armata *Panzer*, del *Gruppe* Steiner e delle truppe raggruppate sotto la 21ª Armata lungo il fiume Reno si arresero agli alleati occidentali.

2: DA SUD EST

Obbedendo agli ordini di Hitler, la 9ª Armata era rimasta ancorata così a lungo sull'Oder che venne accerchiata dal nemico. Il 23 aprile Hitler diede l'ordine alla 9ª Armata di sfondare le linee sovietiche in direzione di Mariendorf, lungo il perimetro meridionale di Berlino, per unire le forze con la 12ª Armata per un attacco di soccorso verso la capitale. Quest'ordine presupponeva che la 9ª Armata avesse ancora una libertà di manovra che ormai non possedeva più. Poco prima di ricevere quest'ordine, il comandante dell'Armata, il Generale di Fanteria Busse, aveva deciso di effettuare uno sfondamento verso ovest attraverso Halbe per potere proseguire nella stessa direzione sfruttando la copertura della grande foresta che si trovava nella zona. L'Armata seguì questa decisione anche dopo avere ricevuto l'ordine di Hitler. Dopo duri combattimenti la 9ª Armata riuscì, con una forza di 30.000 uomini, a sfondare le linee sovietiche e a congiungersi con la 12ª Armata il 29-30 aprile.

3: DA OVEST

La 12ª Armata sotto il comando del Generale delle Truppe Corazzate Wenck, era stata originariamente assegnata al Magdeburgo con il suo fronte di combattimento rivolto a ovest. Il 23 aprile ricevette l'ordine di fare dietro front e, lasciando solo un debole distaccamento di sicurezza sull'Elba, di attaccare Berlino e liberarla con il supporto della 9ª Armata. L'Armata riuscì con successo a raggrupparsi con le tre divisioni del XX Corpo a proteggerne i fianchi, raggiunse il settore di Beelitz-Ferch il 28 aprile. Qui fu raggiunta da elementi di quelle truppe del Generale Reymann che si stavano ritirando da Postdam e dai resti della 9ª Armata.
Dopo che la 12ª Armata riuscì a malapena a ritirarsi sull'Elba, dove venne catturata dagli americani, non vi fu più tempo per ulteriori attacchi di soccorso su Berlino.

COMMENTO:
Gli Ordini dati per lanciare degli attacchi di soccorso a Berlino, fallirono tutti a causa delle condizioni reali esistenti sul campo. Loro nondimeno stimolarono enormemente la volontà di combattere e le speranze dei difensori della città. Dopo che la 12ª Armata fallì nel suo attacco Hitler si suicidò.
Con la morte di Hitler, i comandanti fuori Berlino si trovarono in grado di prendere delle decisioni autonomamente, e gli ordini senza senso di Keitel vennero ignorati.

IV: COMBATTIMENTI A BERLINO DOPO IL 30 APRILE 1945
E LA RESA FINALE

Il 30 aprile, poco dopo la morte di Hitler, il Generale Weidling ricevette una lettera, preparata alle ore 13:00 di quello stesso giorno e firmata da Hitler stesso. Questa lettera dava ai difensori libertà di cercare di sfondare le linee sovietiche, ma allo stesso tempo vietava loro di arrendersi. Dal momento che Weidling non riteneva possibile uno sfondamento su ampia scala, diede alle sue unità il permesso di cercare di sfuggire dall'accerchiamento di loro propria iniziativa. Quest'ordine fu emesso dalla cancelleria del Reich, dal momento che Weidling si era trovato impossibilitato a lasciare l'edificio a partire dal 29 aprile. Poco dopo, nella sua qualità di Ministro del Reich, Goebbels intervenne vietando categoricamente ogni tentativo di abbandonare la città, annunciando allo stesso tempo che avrebbe intavolato dei negoziati coi sovietici. Weidling, supponendo che questi negoziati avrebbero portato ad un cessate il fuoco, revocò il so ordine nel pomeriggio del 30 aprile.

Il 1° maggio quando divenne evidente che i negoziati di Goebbels non stavano portando verso la capitolazione, Weidling esitava tra dare l'ordine di uno sfondamento generale o di arrendersi. Nel pomeriggio del 1° maggio le truppe ricevettero un nuovo ordine: questo ordine comunicava loro che un tentativo di sfondamento sarebbe stato effettuato quella sera. Nel frattempo, tuttavia, Weidling aveva deciso di arrendersi, di conseguenza l'ordine del 1° maggio venne revocato, e la sera del 1° maggio tutti i comandanti che fu possibile raggiungere vennero convocati al Bendler Block per una riunione in cui vennero informati da Weidling della sua intenzione di capitolare la mattina seguente. Ai sovietici l'offerta venne comunicata per radio e tramite il Colonnello (SM) von Duffing nominato parlamentare. Un'altra offerta di resa venne fatta dal segretario di Stato Fritsche, tale offerta era stata portata avanti indipendentemente da quella di Weidling, di cui Fritsche non era a conoscenza. Goebbels dopo il fallimento del suo tentativo di negoziare attraverso il quale aveva sperato di venire riconosciuto come ministro del nuovo governo, e dopo avere proclamato ancora una volta la lotta fino all'ultimo uomo, si suicidò.

Il vacillamento dei leader, i continui ordini e contro ordini, avevano ovviamente prodotto molta confusione tra le truppe molti gruppi di combattimento non avevano ricevuto le istruzioni per lo sfondamento, mentre altri non avevano ricevuto nessun ordine in generale. Molte unità, divise in gruppi piccoli o grandi abbandonarono la zona dello zoo utilizzando i tunnel della metropolitana, passando attraverso la torre radio e Ruhlben fino al fiume Havel. Sul ponte settentrionale, nei pressi di Spandau, venne effettuato uno sfondamento, anche se con pesanti perdite, da parte di alcune unità con il supporto dei carri armati. Anche alcuni distaccamenti individuali e diversi sbandati riuscirono a sfuggire all'accerchiamento, ma il nucleo di queste forze venne nuovamente accerchiato in campo aperto a nord di Nauen e preso prigioniero.

A Berlino, la resa divenne effettiva a partire dal 2 maggio. In molti casi gli ufficiali che comunicavano la resa vennero accusati di tradimento e minacciati di morte. Singoli gruppi di combattimento, in special modo tra le SS, rifiutarono la resa e combatterono per ore, a volte anche giorni, fino all'ultimo uomo. Il nucleo dei difensori cadde prigionieri dei sovietici il 2 maggio.

COMMENTO:

Il proseguimento della difesa era senza speranza, e poteva portare solamente ad ulteriori perdite inutili tra le truppe e tra la popolazione civile. Allo stesso modo i tentativi da parte di intere unità di sfuggire all'accerchiamento sovietico non avevano la minima possibilità di successo, il fatto che questi tentativi vennero spesso ripetuti è indicativo della grande paura di cadere prigionieri dei sovietici.

Il Tenente Generale Hellmuth Reymann, comandante dell'Area di Difesa di Berlino tra l'8 marzo e il 22 aprile 1945.

MAPPE

SWINEMÜNDE
3 NAVY DIV
XXXII CORPS
STETTIN
PRENZLAU
XXX
THIRD PANZER ARMY
2d WHITE RUSSIAN ARMY GROUP
ODER (SS) CORPS
XXX
PZ GREN. DIV NEDERLAND
ARMY GROUP VISTULA
XLVI PZ CORPS
PZ GREN DIV NORDLAND
18 PZ GREN DIV
XXXX
EBERSWALDE
III CORPS
25 PZ GREN DIV
1st WHITE RUSSIAN ARMY GROUP
XXX
PZ CORPS
KÜSTRIN
PZ DIV MÜNCHE-BERG
HAVEL R.
BERLIN
XI (SS) CORPS
POTSDAM
NINTH ARMY
FRANKFURT
XXX
V (SS) CORPS
LEGEND:
RESERVES IN THE AREA OF ARMY GROUP VISTULA
LVI PANZER CORPS, UNCOMMITTED COMMAND HEADQUARTERS
PANZER DIVISION MÜNCHEBERG
25th PANZER GRENADIER DIVISION
18th PANZER GRENADIER DIVISION
PANZER GRENADIER DIVISION NORDLAND
PANZER GRENADIER DIVISION NEDERLAND
XXXXX
GUBEN
FOURTH PANZER ARMY
1st UKRAINIAN ARMY GROUP
RUSSIAN BRIDGEHEAD
SECURITY GARRISONS
ARMY GROUP CENTER
SCALE
0   50   100
KILOMETERS

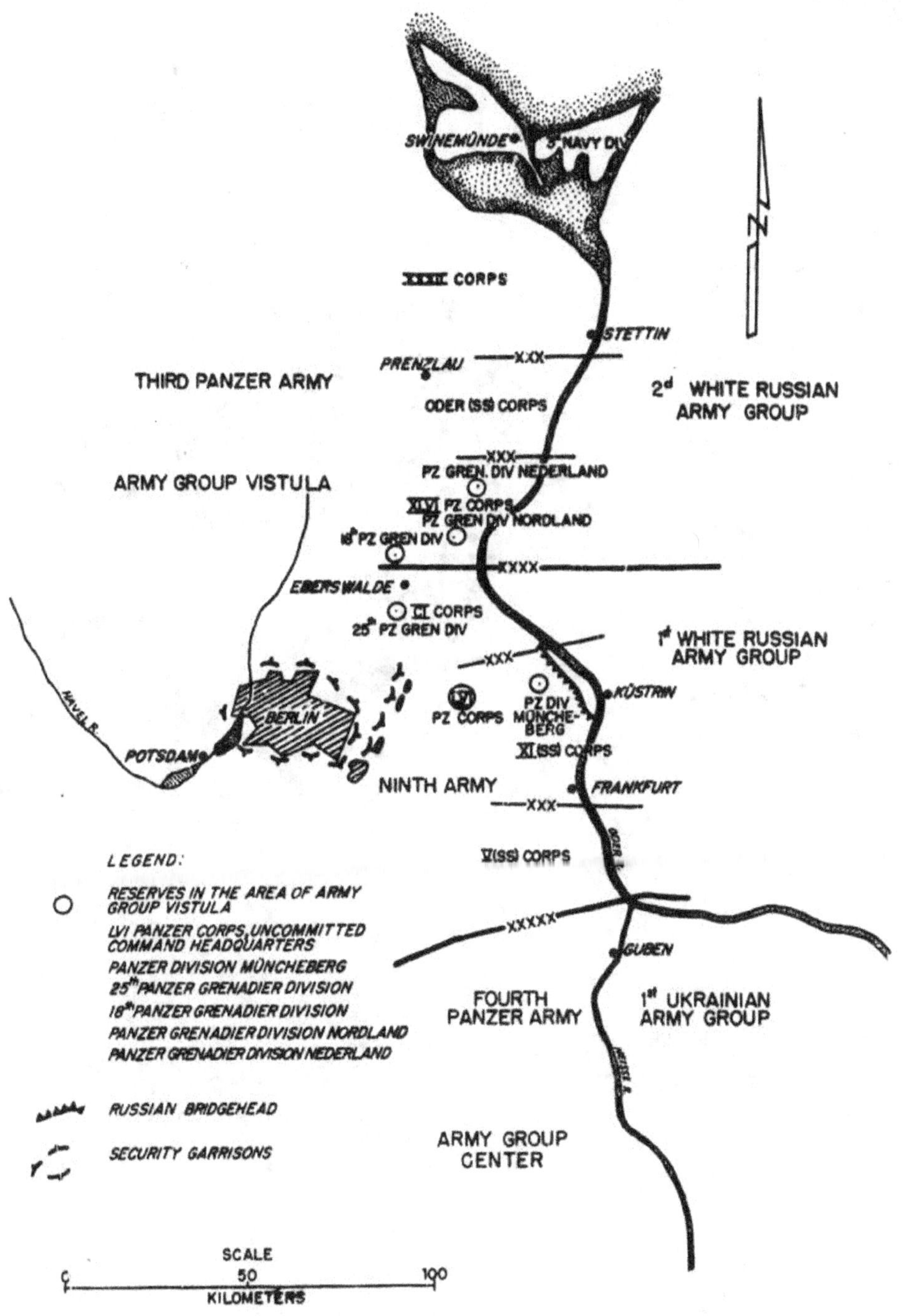

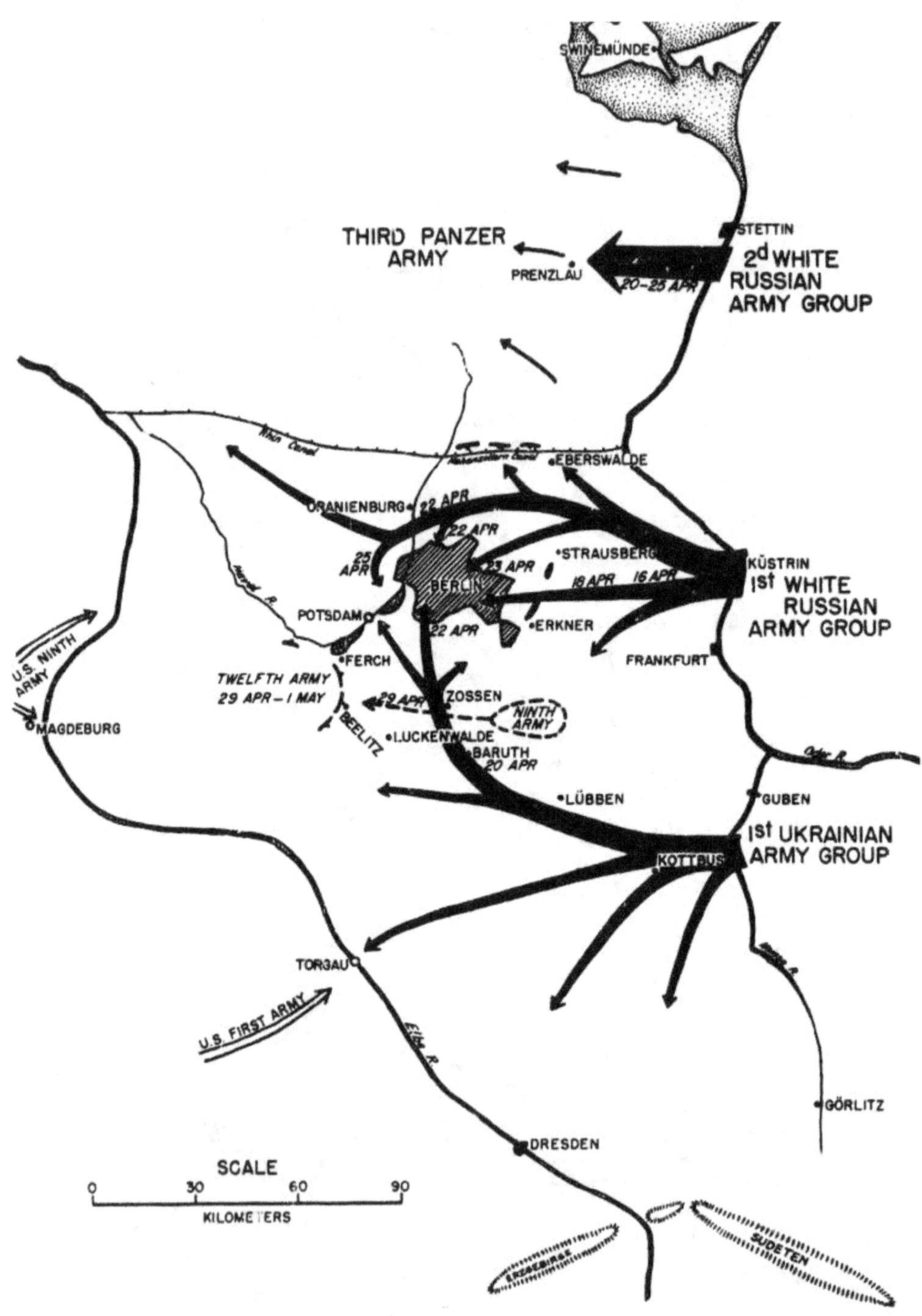

SWINEMÜNDE
THIRD PANZER ARMY
STETTIN
2d WHITE RUSSIAN ARMY GROUP
PRENZLAU
20-25 APR
Rhin Canal
EBERSWALDE
ORANIENBURG
22 APR
22 APR
25 APR
STRAUSBERG
23 APR
18 APR
16 APR
KÜSTRIN
1st WHITE RUSSIAN ARMY GROUP
BERLIN
POTSDAM
ERKNER
FRANKFURT
U.S. NINTH ARMY
Havel R.
FERCH
TWELFTH ARMY
29 APR – 1 MAY
29 APR
ZOSSEN
NINTH ARMY
BEELITZ
LUCKENWALDE
22 APR
MAGDEBURG
BARUTH
20 APR
Oder R.
LÜBBEN
GUBEN
1st UKRAINIAN ARMY GROUP
KOTTBUS
TORGAU
U.S. FIRST ARMY
Elbe R.
GÖRLITZ
DRESDEN
SCALE
0   30   60   90
KILOMETERS
ERZGEBIRGE
SUDETEN

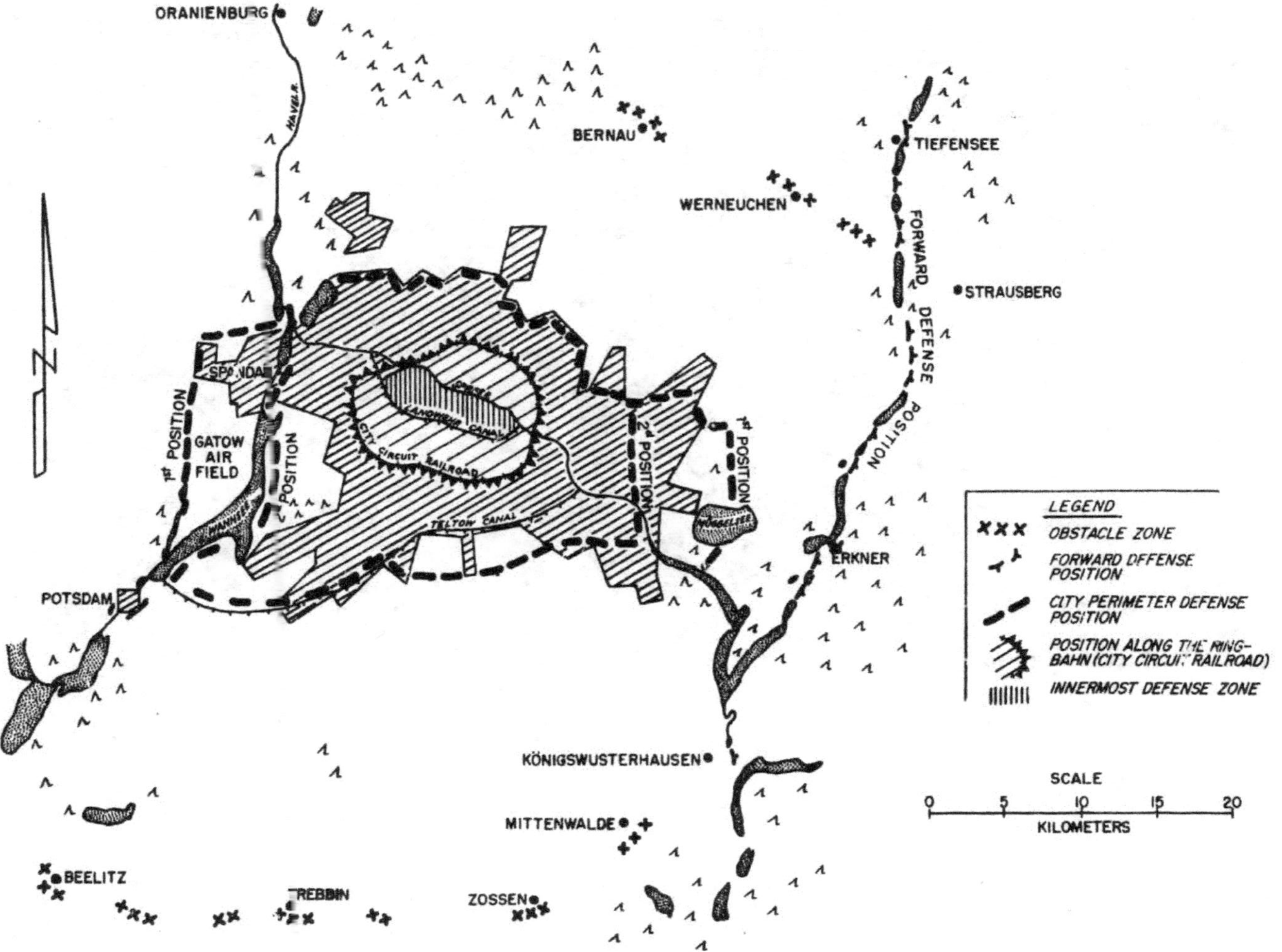

ORANIENBURG
HAVEL R.
BERNAU
TIEFENSEE
WERNEUCHEN
STRAUSBERG
FORWARD DEFENSE POSITION
N
SPANDAU
1st POSITION
GATOW AIR FIELD
POSITION
LANDWEHR CANAL
CITY CIRCUIT RAILROAD
TELTOW CANAL
2nd POSITION
1st POSITION
ERKNER
POTSDAM
KÖNIGSWUSTERHAUSEN
MITTENWALDE
BEELITZ
REBBIN
ZOSSEN
LEGEND
OBSTACLE ZONE
FORWARD DEFENSE POSITION
CITY PERIMETER DEFENSE POSITION
POSITION ALONG THE RING-BAHN (CITY CIRCUIT RAILROAD)
INNERMOST DEFENSE ZONE
SCALE
0 5 10 15 20
KILOMETERS

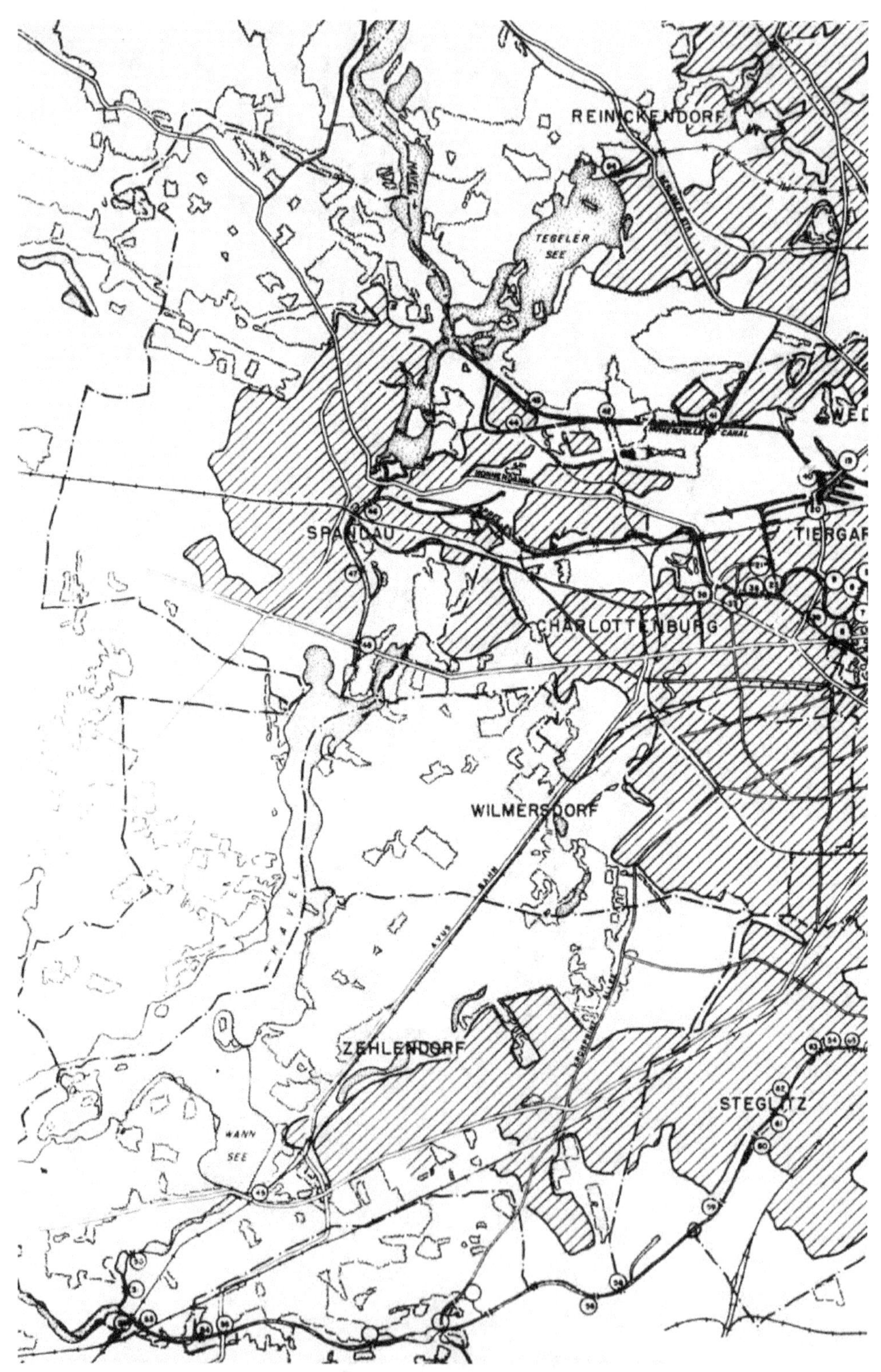

REINICKENDORF
TEGELER SEE
HOHENZOLLERN CANAL
SPANDAU
TIERGARTEN
CHARLOTTENBURG
WILMERSDORF
ZEHLENDORF
STEGLITZ
WANN SEE
HAVEL

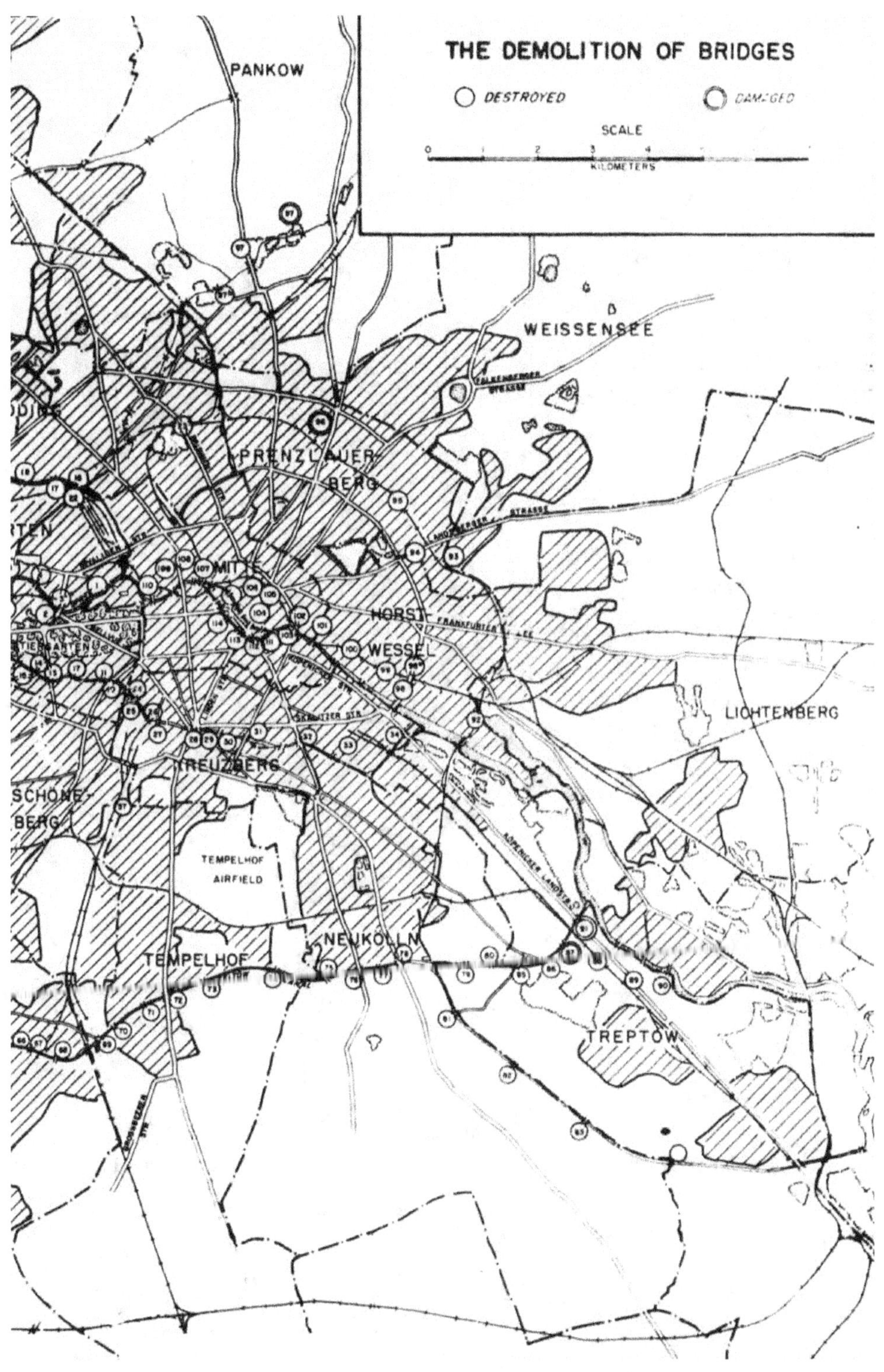

THE DEMOLITION OF BRIDGES
DESTROYED
DAMAGED
SCALE
0   1   2   3   4
KILOMETERS
PANKOW
WEISSENSEE
FALKENBERGER STRASSE
PRENZLAUER BERG
MIT
HORST WESSEL
FRANKFURTER ALLEE
LICHTENBERG
TIERGARTEN
SCHÖNE BERG
KREUZBERG
SKALITZER STR.
TEMPELHOF AIRFIELD
TEMPELHOF
NEUKÖLLN
TREPTOW
ADLERGER LANDWEHR

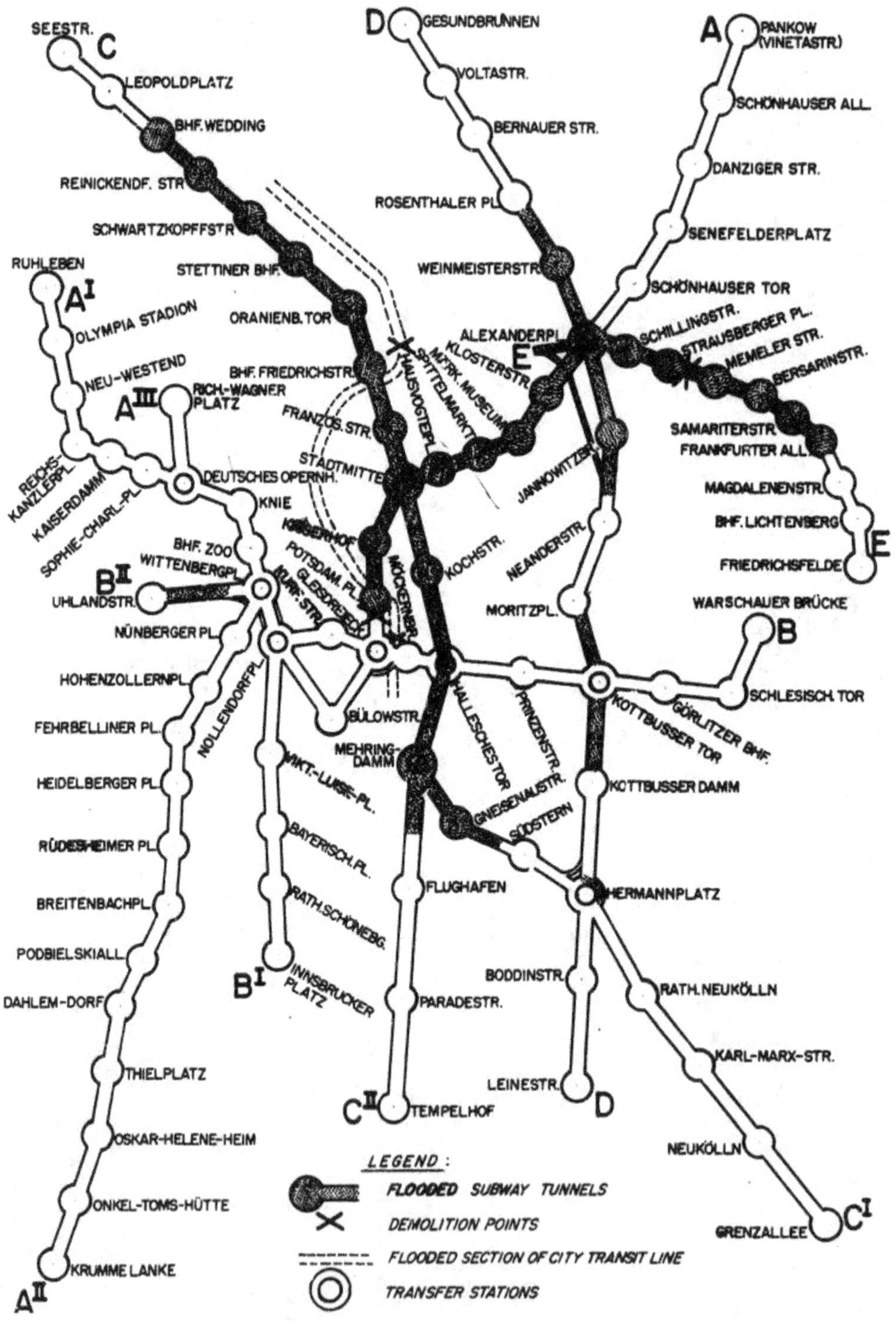

SEESTR.
C
LEOPOLDPLATZ
BHF. WEDDING
REINICKENDF. STR.
SCHWARTZKOPFFSTR.
STETTINER BHF.
RUHLEBEN
A I
OLYMPIA STADION
NEU-WESTEND
A III
RICH-WAGNER PLATZ
ORANIENB. TOR
BHF. FRIEDRICHSTR.
FRANZOS. STR.
STADTMITTE
DEUTSCHES OPERNH.
KNIE
REICHS-KANZLERPL.
KAISERDAMM
SOPHIE-CHARL-PL.
KAISERHOF
BHF. ZOO
WITTENBERGPL.
KURF.-STR.
POTSDAM. PL.
GLEISDREIECK
MÖCKERNBR.
B II
UHLANDSTR.
NÜNBERGER PL.
HOHENZOLLERNPL.
FEHRBELLINER PL.
NOLLENDORFPL.
BÜLOWSTR.
HEIDELBERGER PL.
MKT.-LUISE-PL.
RÜDESHEIMER PL.
BAYERISCH.PL.
BREITENBACHPL.
RATH.SCHÖNEBG.
PODBIELSKIALL.
DAHLEM-DORF
B I
INNSBRUCKER PLATZ
THIELPLATZ
OSKAR-HELENE-HEIM
ONKEL-TOMS-HÜTTE
A II
KRUMME LANKE
D
GESUNDBRUNNEN
VOLTASTR.
BERNAUER STR.
ROSENTHALER PL.
WEINMEISTERSTR.
ALEXANDERPL.
KLOSTERSTR.
MFRK. MUSEUM
SPITTELMARKT
HAUSVOGTEIPL.
JANNOWITZBR.
KOCHSTR.
NEANDERSTR.
MORITZPL.
E
HALLESCHES TOR
PRINZENSTR.
MEHRING-DAMM
GNEISENAUSTR.
SÜDSTERN
FLUGHAFEN
BODDINSTR.
PARADESTR.
LEINESTR.
C II
TEMPELHOF
D
A
PANKOW (VINETASTR.)
SCHÖNHAUSER ALL.
DANZIGER STR.
SENEFELDERPLATZ
SCHÖNHAUSER TOR
SCHILLINGSTR.
STRAUSBERGER PL.
MEMELER STR.
BERSARINSTR.
SAMARITERSTR.
FRANKFURTER ALL.
MAGDALENENSTR.
BHF. LICHTENBERG
E
FRIEDRICHSFELDE
WARSCHAUER BRÜCKE
B
SCHLESISCH. TOR
GÖRLITZER BHF.
KOTTBUSSER TOR
KOTTBUSSER DAMM
HERMANNPLATZ
RATH.NEUKÖLLN
KARL-MARX-STR.
NEUKÖLLN
C I
GRENZALLEE
LEGEND:
FLOODED SUBWAY TUNNELS
DEMOLITION POINTS
FLOODED SECTION OF CITY TRANSIT LINE
TRANSFER STATIONS

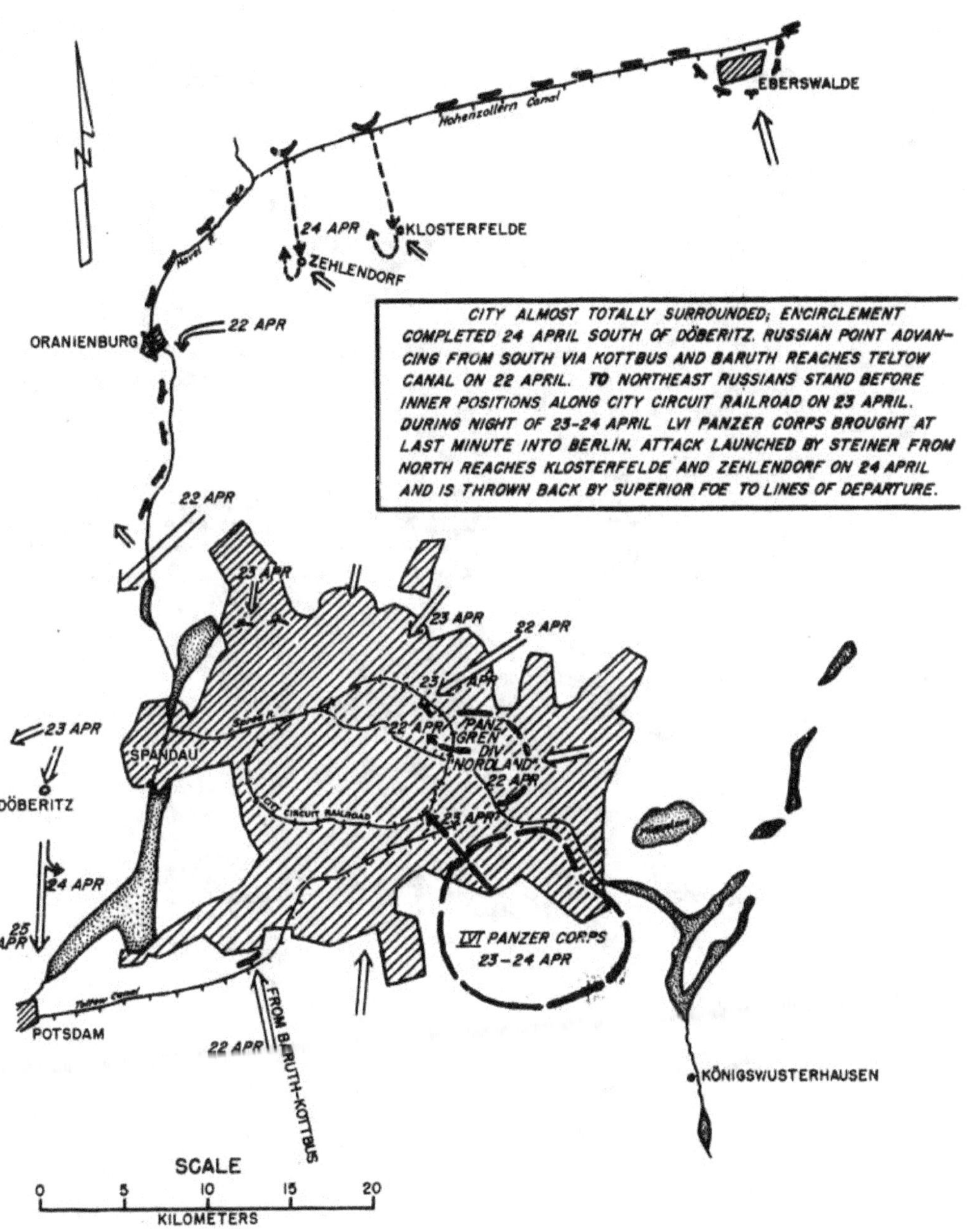
N
EBERSWALDE
Hohenzollern Canal
24 APR
KLOSTERFELDE
ZEHLENDORF
Havel R.
22 APR
ORANIENBURG
22 APR
CITY ALMOST TOTALLY SURROUNDED; ENCIRCLEMENT
COMPLETED 24 APRIL SOUTH OF DÖBERITZ. RUSSIAN POINT ADVAN-
CING FROM SOUTH VIA KOTTBUS AND BARUTH REACHES TELTOW
CANAL ON 22 APRIL. TO NORTHEAST RUSSIANS STAND BEFORE
INNER POSITIONS ALONG CITY CIRCUIT RAILROAD ON 23 APRIL.
DURING NIGHT OF 23-24 APRIL LVI PANZER CORPS BROUGHT AT
LAST MINUTE INTO BERLIN. ATTACK LAUNCHED BY STEINER FROM
NORTH REACHES KLOSTERFELDE AND ZEHLENDORF ON 24 APRIL
AND IS THROWN BACK BY SUPERIOR FOE TO LINES OF DEPARTURE.
23 APR
23 APR
22 APR
23 APR
22 APR
PANZ.
GREN.
DIV.
NORDLAND
22 APR
23 APR
23 APR
DÖBERITZ
Spree R.
SPANDAU
CITY CIRCUIT RAILROAD
24 APR
25 APR
LVI PANZER CORPS
23-24 APR
Teltow Canal
POTSDAM
22 APR
FROM BARUTH-KOTTBUS
KÖNIGSWUSTERHAUSEN
SCALE
0   5   10   15   20
KILOMETERS

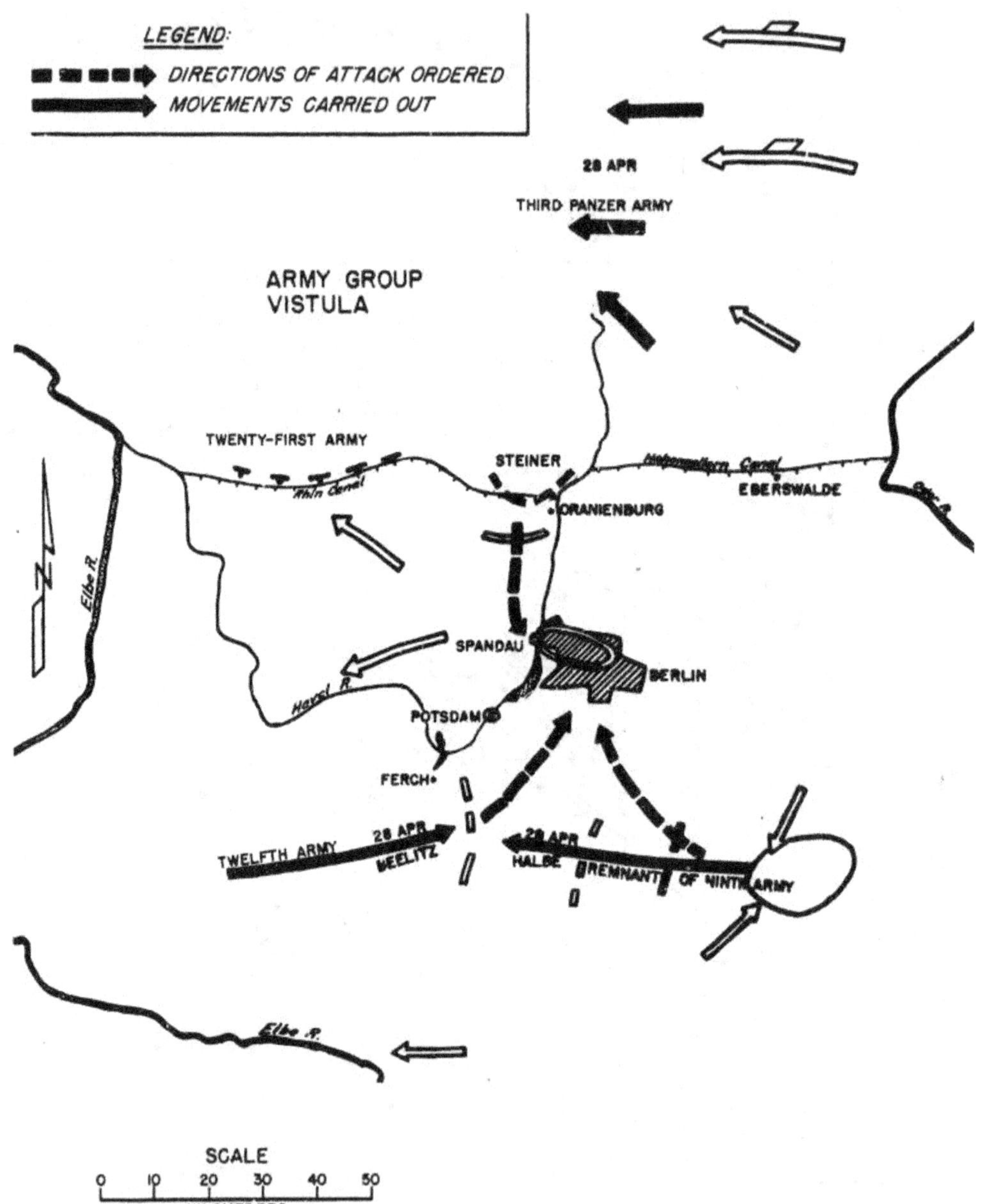
LEGEND:
DIRECTIONS OF ATTACK ORDERED
MOVEMENTS CARRIED OUT
28 APR
THIRD PANZER ARMY
ARMY GROUP
VISTULA
TWENTY-FIRST ARMY
STEINER
Hohenzollern Canal
EBERSWALDE
Rhin Canal
ORANIENBURG
Elbe R.
SPANDAU
BERLIN
Havel R.
POTSDAM
FERCH
TWELFTH ARMY   28 APR
BEELITZ
28 APR
HALBE   REMNANT OF NINTH ARMY
Elbe R.
SCALE
0   10   20   30   40   50
KILOMETERS

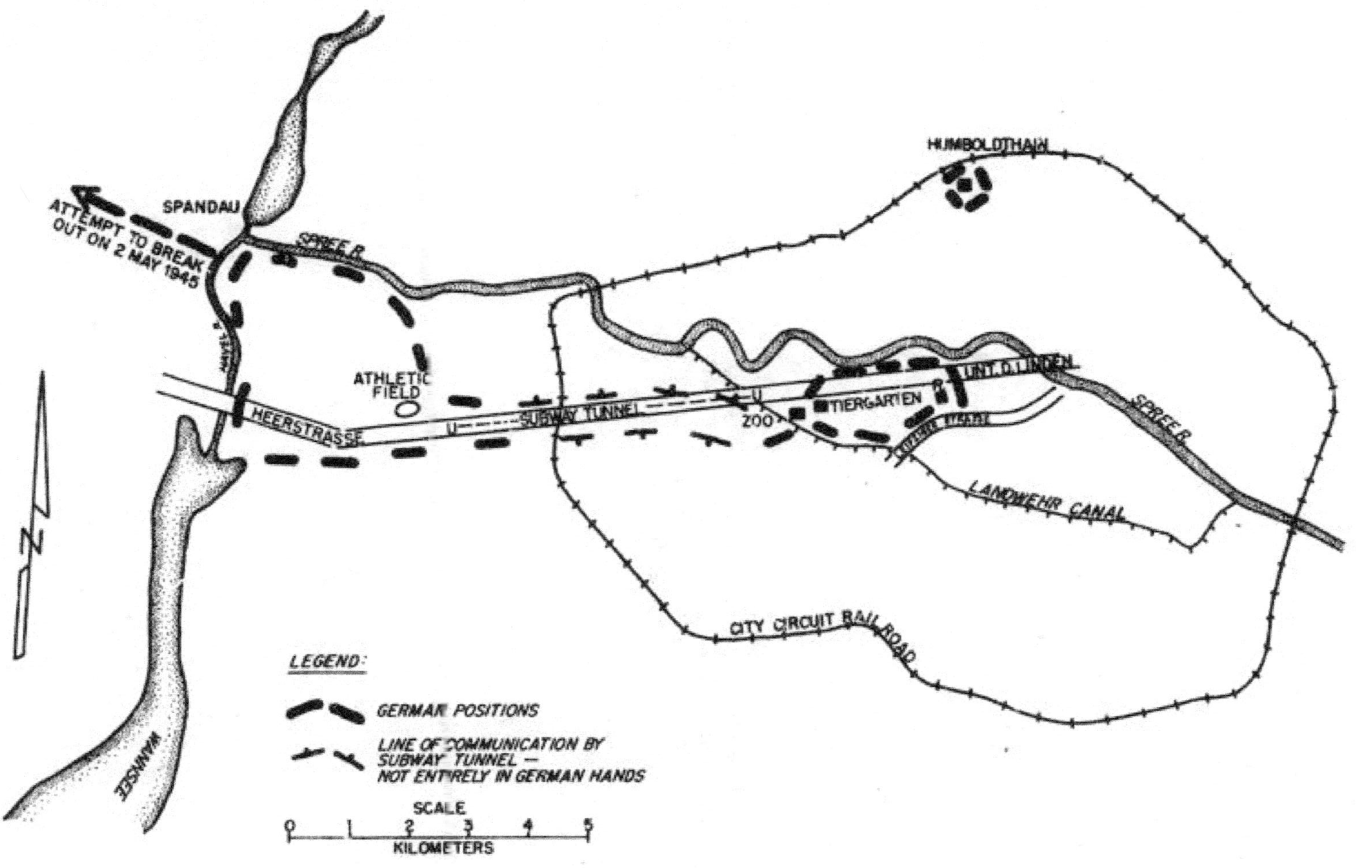

HUMBOLDTHAIN
SPANDAU
ATTEMPT TO BREAK OUT ON 2 MAY 1945
SPREE R.
ATHLETIC FIELD
HEERSTRASSE
SUBWAY TUNNEL
ZOO
TIERGARTEN
UNT.d.LINDEN
SPREE R.
LANDWEHR CANAL
CITY CIRCUIT RAILROAD
WANNSEE
LEGEND:
GERMAN POSITIONS
LINE OF COMMUNICATION BY SUBWAY TUNNEL — NOT ENTIRELY IN GERMAN HANDS
SCALE
0 1 2 3 4 5
KILOMETERS
N

Mappa 1
Legenda:
Riserve nell'area del Gruppo di Armate Vistola
Testa di ponte russa
Guarnigioni di sicurezza

Mappa 2
Legenda:
Zona degli ostacoli
Posizione difensiva avanzata
Posizioni difensive del perimetro cittadino
Zona di difesa interna

Mappa 3
LE DEMOLIZIONI DEI PONTI

distrutti – danneggiati

Mappa 4
Tunnel della metropolitana allagati
Punti di demolizione
Sezioni allagate della linea cittadina
Stazioni di scambio

Mappa 5
Città quasi totalmente circondata; l'accerchiamento è completato il 24 aprile a sud di Döberitz. Le avanguardie russe avanzanti da sud via Kottbus e Baruth raggiunge il canale Teltow il 22 aprile. Verso nordest i russi giunsero davanti alle posizioni interne lungo il tracciato ferroviario interno il 23 aprile. Durante la notte del 23-24 aprile il LVI Panzerkorps è inviato all'ultimo momento a Berlino. L'attacco lanciato da Steiner da nord raggiunge Klosterfelde e Zehlendorf il 24 aprile ed è poi respinto sino alle linee di partenza dalle superiori forze nemiche.

Mappa 6
Legenda:
Direzioni degli attacchi ordinati
Movimenti eseguiti

Mappa 7
Legenda:
Posizioni tedesche
Linee di comunicazione attraverso i tunnel della metropolitana – non tutti in mano tedesca

ILLUSTRAZIONI

L'SS-Obergruppenführer Felix Steiner,
comandante il III SS (germ.) Panzerkorps.

Il Generalmajor Erich Bärenfänger, incaricato della difesa del *Verteidigungsbereich A* e prima *B,* zona est di Berlino.

I difensori tedeschi davanti a Berlino, 1945.

Un giovane soldato armato di fucile d'assalto StG 44.

Anziani del Volkssturm a Berlino. Notare le diverse fasce da braccio.

Un milite del Volkssturm punta il suo Panzerfaust.

T-34 e fanteria montata nei sobborghi di Berlino...

In questa e nelle foto seguenti, l'artiglieria sovietica in azione nella città.

Pezzi da 152 mm sovietici pronti a riprendere il tiro.

Waffen-SS tentano di recuperare materiale da un mezzo in fiamme a Berlino.

Semicingolati, StuG e altri veicoli distrutti nella città.

Carri JS 2 e T-34/85 in azione tra le rovine di Berlino.

Berlino. Un complesso quadrinato da 2 cm della Flakturm Friedrichshain.

Impianto Direzione Tiro e Flak sulla Flakturm dello Zoo. Sull'edificio in secondo piano, un radar Würzburg. Sotto, un pezzo Flak da 12.8 cm (BA).

Berlino. Mitragliera da 2cm della Flakturm Humboldthain, con Ausiliari della Flak (Flak-Helfer) della classe 1927. Nella foto in alto, sullo sfondo,
un complesso Flak-Zwilling da 12.8 cm (archivio famiglia Radtke).

Un pezzo da 12.8 cm di una Flakturm pronto al fuoco.

*Berlino, maggio 1945. La Flakturm dello Zoo, con davanti i relitti di
due carri armati pesanti sovietici JS-2.*

Berlino, 1946. La Flakturm del Tiergarten viene usata come ospedale.

L'entrata della Cancelleria. Nella foto sotto, Hitler osserva i danni causati dall'artiglieria sovietica.

Hitler si congratula con dei giovanissimi decorati della EKII.

Un giovanissimo Hitlerjugend e il suo Panzerfaust. Ben visibili le tacche di mira e il dispositivo di sparo.

Lanciarazzi multipli sovietici in azione.

Una mitragliatrice pesante Maxim PM M1910 a Berlino. Quest'arma affiancò la più moderna Goryunov SG-43 sino alla fine della guerra.

In queste foto, l'avanzata della fanteria e dei corazzati russi attraverso le strade e le case della città.

Si combatte tra le rovine e nei tunnel della metropolitana (foto sotto).

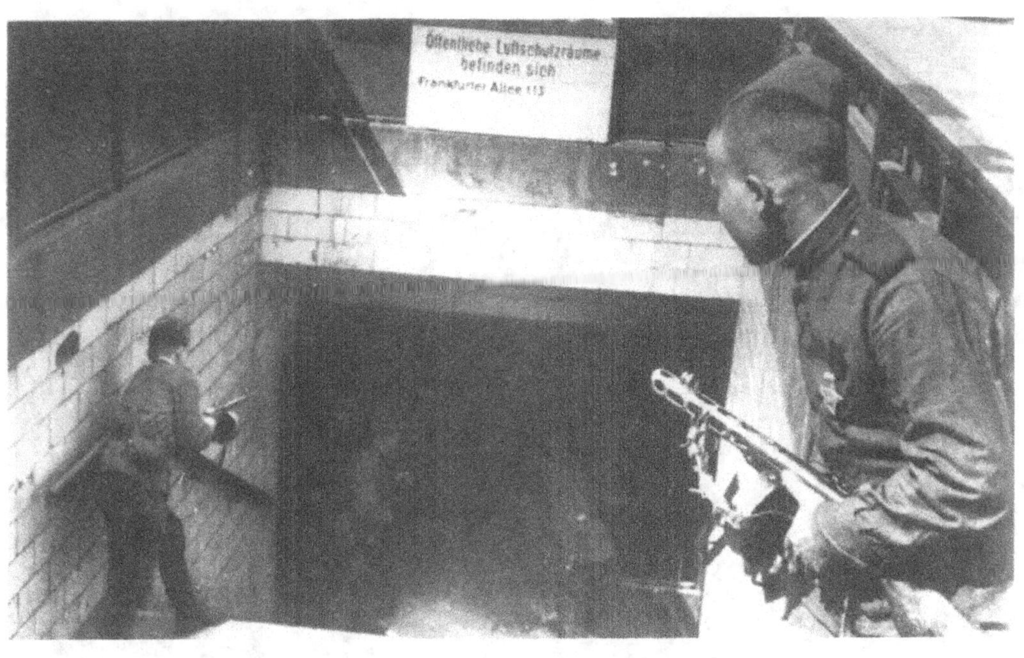

Una mitragliatrice Degtyarev DP-1928 in azione a Berlino.

Due Ilyushin Il-2 "Stormovik" in volo sulla città

La caduta: truppe sovietiche davanti al Reichstag in fiamme.

Un Tiger II, "ultimo difensore" della Potsdamer Platz. Due Tiger II del 503. SS (schwere) Panzer Abteilung difesero la piazza dal 29 aprile, distruggendo diversi carri sovietici. Il mezzo nella foto (carro "101"), al comando dell'Oberscharführer Karl-Heinz Turk fu sabotato e abbandonato dopo aver terminato le munizioni tre giorni dopo.

L'SS-Oberscharführer Karl-Heinz Turk.

Le rovine di Berlino e del Reichstag.

Veicoli ruotati della "Nordland" distrutti.

Panzer IV e StuG catturati dai russi a Berlino.

T-34 e JS-II sfilano tra i civili e i prigionieri tedeschi.

I sovietici vittoriosi...

... e alcuni dei difensori di Berlino sopravvissuti: truppe della Luftwaffe, della Kriegsmarine e dell'Esercito (foto sopra) e della Hitlerjugend (pagina successiva).

Generalleutnant
HELLMUTH REYMANN

Nato il 24 novembre 1892 a Neustadt in Slesia Superiore e morto l'8 dicembre 1988 a Garmisch-Partenkirchen in Baviera.

Ritterkreuz (2910) il 5 aprile 1944 quale *Generalleutnant* e Comandante della *13. Luftwaffen-Feld-Division, XXVIII Armee-Korps, 18. Armee, Heeresgruppe Nord*. La decorazione gli fu concessa per il suo comando della Divisione, dal 1° novembre 1943 incorporata nella *Heer* quale *13. Feld-Division (L)*, durante i combattimenti a Leningrado. La Divisione fu impegnata duramente nei combattimenti di ripiegamento a Krivino, Tessovo, Sapolje-Uschnitza e nel settore di Luga, mantenendo sempre un alto morale e valore combattivo grazie alla guida abile e personale coraggio del suo comandante divisionale.

Eichenlaub (672) il 28 novembre 1944 quale *Generalleutnant* e Comandante dell'*11 Infanterie-Division, III (germ.) Panzer-Korps, Armeegruppe Kleffel, Heeresgruppe Nord*. Nel maggio 1944 Reymann condusse la Divisione nei combattimenti nella linea Tannenberg, alle spalle della ferrovia Wesenberg-Narva. Il 24 luglio 1944 fu respinta una forte offensiva avversaria. Il 18 settembre la Divisione fu inviata nella zona di Riga, combattendo a più riprese negli scontri per la Curlandia, sempre sotto il brillante comando del *Generalleutnant* Reymann, che fu quindi insignito della *Ritterkreuz mit Eichenlaub*.

Il 5 marzo 1945 Reymann fu nominato Comandante di Piazza di Dresda, ma fu poi avvertito telefonicamente di come la città fosse completamente in rovine dopo il terribile bombardamento del 13-14 febbraio 1945. Lo stesso giorno gli fu allora dato l'incarico di comandante militare di Berlino. Reymann si mise subito all'opera con le poche risorse disponibili, organizzando la difesa della città. Spesso in contrasto con Hitler e Goebbels su temi quali la presenza dei civili in città, e oppositore, come Speer e Heinrici, della distruzione indiscriminata di ponti, canali e altre infrastrutture vitali, fu rilevato dal comando il 22 aprile 1945. Catturato dagli americani il 7 maggio 1945, fu liberato nel settembre dello stesso anno.

Deutsches Kreuz in Gold quale *Oberst* e *Kdr.* dell'*Infanterie-Regiment 205* il 22 novembre 1941, Fronte Orientale
Spange 1939 zum Eisernes Kreuz I. Klasse 1914 il 18 giugno 1940
Spange 1939 zum Eisernes Kreuz II. Klasse 1914 il 28 novembre 1939
Eisernes Kreuz I. Klasse 1914 il 4 marzo 1915
Eisernes Kreuz II. Klasse 1914 il 16 settembre 1914
Ärmelband "Kurland" nel 1945

Berlino, marzo 1945. Il Generalleutnant Reymann ispeziona una postazione di MG nella Zona di Difesa B.

General der Artillerie
HELMUT OTTO LUDWIG WEIDLING

Nato il 2 novembre 1891 a Halberstadt, in Sassonia, e morto il 17 novembre 1955 nel campo di prigionia russo di Wladimir vicino a Mosca.

Ritterkreuz (1433) il 15 gennaio 1943 quale *Generalmajor* e Comandante della *86. Infanterie-Division*: Il 18 dicembre 1942 il Generale Comandante del *XXXXI Panzer-Korps* propose Weidling per questa onorificenza. Il *Generalmajor* Weidling si era distinto in situazioni molto rischiose per la sua personalità energica e pronta all'azione. Il nemico si era spinto a sud di Bjeloj, fino alla ferrovia Wladimirkoje-Dorogobusch. Nei primi giorni di dicembre egli riuscì, con una manovra sorprendente, a penetrare a sud, fino a Burzewa, procedendo dall'ala destra del suo punto di sfondamento, attraverso una zona boscosa, considerata impraticabile. Grazie a delle truppe addestrate al combattimento in foreste, questo bosco fu ripulito dal nemico e la battaglia terminò con la cattura del villaggio di Karskaja, a nord della foresta.

Eichenlaub (408) il 22 febbraio 1944 quale *General der Artillerie* e Generale Comandante del *XXXXI Panzer-Korps*: fu ottenuta per la mirabile direzione del *Korps* presso Kritschew e Retschiza. A tal proposito, nel *Wehrmachtbericht* del 9 febbraio 1944 si legge:

Nei duri scontri difensivi avvenuti tra Pripet e Beresina la *36. Infanterie-Division* al comando del *General der Artillerie* Weidling e la *134. Infanterie-Division* al comando dell'*Eichenlaubträger Oberst* Conrady e del *Generalleutenant* Schlemmer si sono battute egregiamente.

Schwerter (115) il 28 novembre 1944 quale *General der Artillerie* e Generale Comandante del *XXXXI. Panzer-Korps*. La proposta fu inoltrata all'Ufficio del Personale della *Heer* il 17 novembre 1944. Il 15 agosto 1944 Weidling aveva preso il comando del ricostituito *XXXXI. Panzer-Korps*. Il *Korps*, subordinato alla *4. Armee* in Prussia Orientale prese parte alla prima battaglia per la Prussia Orientale (dal 16 al 28 ottobre 1944), riuscendo a impedire lo sfondamento nemico verso ovest. Nel novembre e nel dicembre del 1944, il *Korps*, subordinato alla *2. Armee*, respinse tutti gli attacchi delle truppe sovietiche presso Narew. Weidling comandò il suo *Korps*, anche nelle situazioni più critiche, in modo deciso e risoluto, mantenendo sempre uno spirito critico, straordinariamente valoroso ed energico e, quando necessario, determinato nell'eseguire gli ordini a lui impartiti.

Il 12 aprile 1945 Weidling fu nominato comandante del *LVI. Panzerkorps*, e il 24 aprile 1945, Adolf Hitler lo richiamò a Berlino, incaricandolo della difesa della città. Il 3 maggio 1945 si arrendeva ai sovietici, decedendo dieci anni dopo in un *GuLag*.

Deutsche Kreuz in Gold il 23 giugno 1942 quale *Generalmajor* e Comandante della *86. Infanterie-Division*
Citato nel *Wehrmachtbericht* del 9 febbraio 1944
Spange zum Eisernes Kreuz I Klasse il 12 ottobre 1939
Spange zum Eisernes Kreuz II Klasse il 18 settembre 1939
Eisernes Kreuz I Klasse 1914 il 3 marzo 1916
Eisernes Kreuz II Klasse 1914 il 9 ottobre 1914
K.u.K. Österr. Militär-Verdienstkreuz III Klasse mit der Kriegsdekoration
Erinnerungs-Abzeichen für die Besatzungen von Heeres- und Marineluftschiffen
Ehrenkreuz für Frontkämpfer
Wehrmacht-Dienstauszeichnung IV-I Klasse
Medaille zur Erinnerung an den 1 Oktober 1938
Medaille "Winterschlacht im Osten 1941/1942"

Generalmajor der Reserve
WERNER MUMMERT

Nato il 31 marzo 1897 a Lüttewitz bei Döbeln in Sassonia, e deceduto nel 28 gennaio 1950 nel campo di prigionia sovietico di Ssuja.

Ritterkreuz des Eisernes Kreuz (1095) il 17 agosto 1942 quale *Major der Reserve* e Comandante dell'*Aufklärungs-Abteilung 251*. Il contrattacco sferrato di propria iniziativa dal *Major* Mummert a Polunino (nell'estrema zona nord di Rzhev), che aveva lo scopo di arrestare l'aggressione nemica, portata avanti con forze in netta superiorità numerica, fu di importanza decisiva per evitare la presa da parte sovietica del punto di approvvigionamento di Rohov, particolarmente importante per l'intera *Armee*. È da sottolineare che Mummert, il 12 agosto 1942, aveva assunto la direzione dell'*Infanterie-Regiment 481*, e formato il *Kampfgruppe Mummert* (*I./481, I./ 312, Aufkl.-Abt. 256, Aufkl.-Abt. 328, Pz.-Jg.-Abt. 251*, quattro *Sturmgeschütz*, un *Kampfgruppe* della *Flak*).

Eichenlaub (429) il 20 marzo 1944 quale *Oberstleutnant der Reserve* e Comandante del *Panzer-Grenadier-Regiment 103*. L'*Oberstleutnant* Mussert, il 21 gennaio 1944, assunse il comando del *Panzer-Grenadier-Regiment 103*, distinguendosi particolarmente negli scontri a sudovest di Cherkassy e nella zona di guerra di Kirovograd. Il 25 gennaio, la *14. Panzer-Division* passò all'attacco per chiudere le falle apertesi tra le ali interne dell'*XI.* e del *XXXXVII. Korps*. Al calare della sera, le punte più avanzate dell'attacco avevano conquistato il terreno montuoso ad est di Rosochowatka. Il 5 ed il 6 febbraio, la *14. Panzer-Division* attaccò in direzione di Meshigorka verso Lipjanka. Mummert riuscì a stabilire un collegamento con la *3. Panzer-Division* al di là del torrente di Lipjanka. Fu grazie a lui ed al suo reggimento se fu possibile ristabilire un fronte continuo.

Schwerter (107) il 23 ottobre 1944 quale *Oberst der Reserve* e Comandante del *Panzer-Grenadier-Regiment 103*. Il 23 settembre 1944 si legge nel *Wehrmachtbericht*:

Durante i duri scontri avvenuti nel settore nord del fronte Orientale, il *Panzergrenadier-Regiment 103* sassone al comando dell'*Oberst* Mummert, si è distinto per valore e determinazione.

Luogo dell'attacco fu il settore di Baldone, dove Mummert, grazie ad un attacco sferrato il 18 settembre 1944 in direzione di Artes, aveva stabilizzato la situazione. Nel gennaio 1945 Mummert fu promosso *Generalmajor der Reserve* e gli fu dato il comando della *Panzer-Division "Müncheberg"*. Una *Kompanie* di *Panther Ausf. G* e una *Panzergrenadiere-Kompanie* della Divisione furono inviati alla *Panzertruppenschule II* a Wünsdorf per essere dotati dei visori ad infrarosso *Sperber*. La *Panzer-Division "Müncheberg"* si schierò quindi nella posizione Hardenberg, sulle alture di Seelow. La *Panzer-Kompanie* dotata di visori infrarosso, la *1./Panzer-Regiment 29*, al comando dell'*Oberleutnant* Rasim, assieme ai *Panzergrenadiere* dell'*Hauptmann* Steuer, dotati di *StG 44* con visori infrarosso, lanciò un attacco limitato, coronato da successo, contro le truppe sovietiche trincerate sul Reitwein Spur. Il 16 aprile 1945, Žukov lanciò la sua offensiva oltre l'Oder verso Berlino. Da questo momento in poi la *Panzer-Division "Mün-*

cheberg", agli ordini di Mummert, non ebbe un attimo di tregua. L'assalto sovietico, preceduto da un intenso fuoco di preparazione, colpì le linee tedesche sulle alture di Seelow. L'accanita difesa tedesca, unita al terreno paludoso che limitava l'impiego dei corazzati russi in pochi corridoi, minati e battuti dal fuoco dei controcarro tedeschi, costrinse i sovietici ad impiegare otto giorni, perdendo migliaia di uomini e centinaia di carri armati, prima di sfondare nel settore tenuto dalla *9. Fallschirm-Division*. Il 20 aprile il fronte tedesco cedeva, e la *Panzer-Division Müncheberg*, assieme alla *11. SS-Freiwilligen-Panzergrenadier-Division "Nordland"* ripiegavano su Berlino. La Divisione si fermò per compiere una feroce azione di retroguardia nel villaggio di Müncheberg, infliggendo pesanti perdite ai sovietici avanzanti. Dopo questo scontro la *Müncheberg* prese posizione nel settore nordorientale di Berlino, a nord del fiume Spree, potendo contare su solo una dozzina di *Panzer* e trenta *Schützenpanzerwagen*. Il 25 aprile, il *General der Artillerie* Weidling, comandante della difesa di Berlino, ordinò a Mummert di prendere il comando del *LVI. Panzerkorps*. La *Panzer-Division "Müncheberg"* condusse un attacco limitato verso Neukolln e l'aeroporto di Tempelhof, ma dopo un buon successo iniziale la sua avanzata fu bloccata. Il 26 aprile a Mummert fu nuovamente assegnata la guida della *"Müncheberg"*, che mantenne nei disperati combattimenti dei giorni successivi nel settore di Wilmersdorf, in una Berlino ormai completamente accerchiata. Il diario di un Ufficiale d'ordinanza della Divisione riporta:

24 aprile. Al mattino stiamo all'aeroporto di Tempelhof. L'artiglieria russa spara ininterrottamente. Degli otto settori difensivi di Berlino, noi teniamo ora il settore D. [...] Con i lanciafiamme i russi incendiano le case che non riescono a conquistare. Gli urli dei bambini e delle donne sono spaventosi. [...] I nostri sono gli unici mezzi corazzati di cui dispone il comando di zona nella Wilhemplatz. [...] Si deve all'energia del Generale Mummert se la Divisione non viene bruciata oggi stesso. Per il trasporto di feriti non si dispone di veicoli. Nel pomeriggio l'artiglieria viene spostata al Tiergarten. Di munizioni ce ne sono ormai poche. A Tempelhof, intorno al Comando, sembra si sia scatenato l'inferno. Scoppi fragorosi, esplosioni di granate, deflagrazioni di "organi di Stalin". Urlo di feriti, rombo di motori, crepitio di mitragliatrici. E soprattutto nembi di fumo, puzzo di cloro e incendi. [...] E anche singole donne hanno impugnato il *Panzerfaust*, slesiane assetate di vendetta. [...] Alle 20: carri armati con fanteria russa a bordo avanzano verso il campo di Tempelhof. Duri combattimenti.

27 aprile. [...] La speranza dell'essere salvati da un attacco di soccorso e la paura delle corti marziali volanti mantiene gli uomini in prima linea. Il Generale Mummert si rifiuta di permettere altre corti marziali nel settore sotto il suo comando: una Divisione che vanta il maggior numero di decorati con la *Ritterkreuz mit Eichenlaub* non merita di essere perseguitata da giovani imberbi. Egli è determinato a passare per le armi personalmente i membri di una qualunque corte marziale che dovesse apparire [...] Non possiamo più tenere Potsdamer Platz, e verso le 4 del mattino ci muoviamo attraverso il tunnel della metropolitana di Nollendorferplatz. Nel tunnel accanto al nostro, i russi avanzano nella direzione opposta.

Il 30 aprile, la *Panzer-Division "Müncheberg"* e la *18. Panzer-Grenadier-Division*, assieme a qualche *Tiger II* dello *schwere SS-Panzer-Abteilung 503* continuavano a difendere in aspri combattimenti la stazione di Westkreuz e il Kurfurstendamm, ripiegando poi sul Tiergarten e difendendo le migliaia di civili riparatisi nella *Flakturm* dello Zoo, che continuava ad appoggiare i combattenti tedeschi con il preciso fuoco dei suoi pezzi *FlAK* da 12.8 cm. L'ultimo carro della *"Müncheberg"*, un *Tiger*, ormai immobilizzato, fu abbandonato dal suo equipaggio sull'Unter der Linden, vicino alla Porta di Branden-burgo. Gli uomini della "*Müncheberg*" erano ormai alla fine delle loro capacità di resi-stenza, che si erano già spinte da tempo ben oltre la soglia dell'umana sopportazione:

Non c'è più alcun collegamento fra i diversi reparti difensivi. Nel nostro comando tattico, ognu-no di noi è stato ferito per la seconda o terza volta, compreso il Generale Mummert. Il Generale porta il braccio destro al collo. Ognuno di noi dorme due o tre ore al giorno, ed abbiamo l'aspetto di scheletri vaganti.

Tra il 3 e il 4 maggio, Mummert cercò a questo punto di guidare i superstiti della sua Divisione verso ovest, atraverso Spandau. Pochi gruppi di superstiti riuscirono a conse-gnarsi agli americani, ma la maggior parte, compreso Mummert, furono catturati dai so-vietici il 5 maggio 1945. Mummert morì il 28 gennaio 1950 nel campo di prigionia so-vietico di Ssuja.

Citato nel *Wehrmachtbericht* il 23 settembre 1944
Deutsche Kreuz in Gold l'undici gennaio 1942 quale *Major der Reserve* e Comandante
dell'*Aufklärungs-Abteilung 251*
Eisernes Kreuz II Klasse 1914 nel 1916
Ehrenkreuz für Frontkämpfer
Medaille zur Erinnerung an den 1 Oktober 1938
Eisernes Kreuz I Klasse 1939 il 7 luglio 1940
Spange 1939 zum Eisernes Kreuz II Klasse 1914 l'undici maggio 1940
Panzerkampfabzeichen in Bronze
Nennung im Ehrenblatt des Heeres (950) il 4 maggio 1942 quale *Major der Reserve* e
Comandante dell'*Aufklärungs-Abteilung 251*
Medaille "Winterschlacht im Osten 1941/1942"
Nahkampfspange I Stufe (Bronze) nel 1942
Verwundetenabzeichen, 1939 in Silber

Nella lista delle decorazioni di Mummert è indicato anche un *Sonderabzeichen für Pan-zervernichtung durch Einzelkämpfer*, ma non abbiamo trovato altre informazioni sulle circostanze del conferimento.

Generaloberst
GOTTHARD HEINRICI

Nato il 25 dicembre 1886 a Gumbinnen in Prussia Orientale e morto il 13 dicembre 1971 ad Endersbach bei Waiblingen nel Württemberg.

Ritterkreuz des Eisernes Kreuz (510) il 18 settembre 1941 quale *General der Infanterie* e Generale Comandante del *XXXXIII Armee-Korps*. Fu solo merito dell'abile spirito guerresco di Heinrici se il *XXXXIII. Armee-Korps*, da lui diretto, l'11 agosto 1941 presso Strechnin, col *General der Infanterie* Heinrici alla testa delle avanguardie della fanteria, oltrepassò il Dnieper, raggiungendo la linea ferroviaria Gomel-Shlobin. I rinforzi motorizzati fatti pervenire dai sovietici da Gomel, nonostante i ripetuti tentativi, non riuscirono ad impedire l'accerchiamento della 21ª Armata sovietica. La veloce e vittoriosa marcia compiuta dal *XXXXII. Armee-Korps* fu di fondamentale importanza per la riuscita della battaglia d'accerchiamento di Gomel-Shlobin. Tale successo è da ascrivere in particolare all'inflessibile spirito battagliero del suo Generale Comandante. Nei successivi disperati combattimenti difensivi a fronte della controffensiva invernale sovietica Heinrici si distinse ulteriormente. Il 26 gennaio 1942 a Heinrici fu dato il comando della *4. Armee*, unità che era cruciale nel fronte tedesco in arretramento davanti a Mosca. La *4. Armee* condotta da Heinrici resistette agli assalti sovietici per dieci settimane, nonostante l'inferiorità numerica di dodici ad uno. In questo periodo, Heinrici sviluppò una delle sue tattiche più famose. Quando riconosceva dai rapporti d'informazione che un attacco nemico era imminente, stimava quale poteva essere l'ora dell'assalto, e faceva ripiegare le sue truppe dalla prima linea, cosicché il solitamente massiccio ma poco flessibile sbarramento d'artiglieria sovietico si abbatteva su delle posizioni vuote. Quindi reinseriva i reparti in linea in tempo per contrastare l'attacco sovietico.

Eichenlaub (333) il 24 novembre 1943 quale *Generaloberst* e *Oberbefehlshaber* della *4. Armee*. La *4. Armee* combattè nella *Pantherstellung* ad est di Orscha nelle cosiddette *Rollbahnschlachten* (Battaglie per la strada principale) e, grazie all'abile direzione di Heinrici, sventò ogni tentativo di sfondamento.

Schwerter (136) il 3 marzo 1945 quale *Generaloberst* e *Oberbefehlshaber* della *1. Panzer-Armee*. Una prima proposta a favore di tale onorificenza era stata fatta il 9 maggio 1944, per le sei vittoriose *Rollbahnschlachten* a Orscha, ma essa fu rigettata dall'*OKW*. Il 17 agosto 1944, Heinrici fu nominato *Oberbefehlshaber* della *1. Panzerarmee*, formando, con la *Iª Armata* ungherese, l'*Armeegruppe Heinrici*, guidandolo nei combattimenti in Prussia orientale, Polonia e Slovacchia. Nel febbraio del 1945 il *Generaloberst* Heinrici, resistendo all'attacco in grande stile dei sovietici, mantenne il possesso tedesco dell'ultimo giacimento di carbone ancora intatto a Mährisch Ostrau. Il 3 marzo 1945, gli furono infine conferite le *Schwerter* in riconoscimento delle sue doti di comando. Poco tempo divenne *Obebefelshaber* dell'*Heeresgruppe Weichsel*. Il 29 aprile 1945, avvenne il famoso diverbio di Heinrici con il *Generalfeldmarschall* Keitel. Heinrici aveva ormai maturato la convinzione che i suoi uomini, esausti e quasi senza munizioni, non potessero più essere impiegati in battaglia, suscitando le ire di Keitel che vedeva quindi non messe in pratica le disposizioni stabilite. Heinrici condusse quindi i resti del suo *Hee-*

resgruppe verso ovest, in modo da arrendersi agli Alleati, salvando i suoi uomini dai *GuLag* sovietici. Catturato l'otto maggio 1945 dagli inglesi, fu rilasciato nel 1948. Famosa è la sua "ultima battaglia", la difesa delle alture di Seelow, estremo bastione davanti a Berlino:

Il 15 aprile la tensione sul fronte dell'Oder si era fatta quasi intollerabile. Heinrici aveva approntato meticolosamente i suoi piani difensivi, schierando le sue scarse risorse nel modo piú vantaggioso possibile. Dato che le sue forze erano dieci volte inferiori a quelle del nemico, faceva assegnamento su informazioni accurate e sulla capacitá di previsione, in modo da poter concentrare le forze di cui disponeva nei punti giusti al momento giusto. Ma queste forze erano penosamente scarse, se paragonate a quelle sovietiche che aveva di fronte. I tre Fronti sovietici di circa due milioni e mezzo di uomini avevano 41.600 cannoni e mortai, 6.250 carri armati e cannoni semoventi, piú di 1.000 lanciarazzi multipli e 7.500 aerei. Il solo Primo Fronte bielorusso aveva ammassato una riserva di 7.147.000 granate. L'*Heeresgruppe Weichsel*, invece, aveva al massimo 250 mila uomini male armati piú circa 850 carri armati, 500 Batterie antiaeree impiegate come artiglieria e 300 aerei praticamente privi di carburante. [Nel settore di Seelow, in particolare, si fronteggiarono 1.000.000 di soldati del Primo Fronte bielorusso, con 3.155 carri armati e 16.934 pezzi d'artiglieria, contro i 100.000 tedeschi della *9. Armee* con 512 corazzati e 800 tra pezzi d'artiglieria e cannoni della *FlAK*, NdA] Per superare il primo colpo dirompente, Heinrici aveva elaborato una tecnica estremamente efficace, la cui riuscita, peró, dipendeva totalmente dalla capacitá di prevedere esattamente quando sarebbe stato inferto il colpo. Sapendo che i sovietici facevano sempre precedere i loro attacchi da un massiccio bombardamento di artiglieria per annientare le truppe della prima linea difensiva, avrebbe fatto uscire tutti i suoi uomini dalle loro posizioni avanzate poco prima dell'inizio dello sbarramento. Le bombe sarebbero piovute su trincee quasi vuote, mentre i soldati si sarebbero piazzati al sicuro nella principale linea difensiva, pronti a opporsi al grosso della forza d'urto. Era proprio ció su cui Chuikov e alcuni degli altri Generali avevano cercato di mettere in guardia Žukov durante i loro giochi di simulazione. Žukov si era rifiutato di dar loro retta […] Heinrici poté rimettersi al lavoro per cercare di prevedere i tempi dell'attacco sovietico. Per il resto del pomeriggio e le prime ore della sera studió ogni dettaglio degli ultimi rapporti dei servizi di informazioni, analizzó le possibilitá con il suo Stato Maggiore e parló al telefono con i comandanti sul campo. Camminava su e giú per l'ufficio, le mani dietro la schiena, la testa china per concentrarsi, tentando di mettersi nei panni di Žukov. Poco dopo le otto di sera si arrestò e sollevó la testa. A uno dei suoi Aiutanti sembró che "avesse di colpo fiutato il pericolo". "Crodo che l'attacco avra luogo nelle prime ore di domani" disse.
Si rivolse al suo Capo di Stato Maggiore e dettò un ordine da inviare immediatamente a Busse alla *9. Armee*: "Indietreggiare e prendere posizione sulla seconda linea di difesa". […] [Dopo che l'attacco russo fu effettivamente iniziato all'ora prevista da Heinrici, e che l'intenso sbarramento sovietico era quindi caduto su di una prima linea tedesca sguarnita di truppe, precedentemente ritirate, NdA] Il piano di Heinrici aveva funzionato perfettamente. Era riuscito a mantenere integri i suoi cannoni e carri armati e gran parte dei suoi effettivi, e aveva attirato il nemico nella sua trappola. Le alture erano presidiate dal *56. Panzerkorps*, una formazione celebre che peró somigliava ben poco a ció che era stata in passato. Adesso era composto dalla *9. Fallschirm-Division* e dalla raccogliticcia *20. Panzergrenadier-Division*, con la decimata *Panzer-Division "Müncheberg"* di riserva. Ma il suo comandante era un militare duro ed esperto, il pluridecorato *Generalleutnant* Helmuth Weidling, un uomo di sessantanni dal viso torvo, che aveva un monocolo senza montatura incastrato nell'orbita dell'occhio destro. Noto tra gli amici come "Karl il distruttore", Weidling era arrivato in aereo dalla Prussia Orientale solo da qualche giorno per assumere il comando del Corpo ricostituito. […] Quando spuntó l'alba il cielo si schiarì promettendo una luminosa giornata di primavera. Attraverso la polvere che si stava rapidamente depositando, gli artiglieri di Weidling, piazzati al sicuro sulle Alture di Seelow, pote-

vano vedere le forze sovietiche che affollavano le strade in basso e aprirono il fuoco con tutto ciò che avevano contro i mezzi per il trasporto delle truppe, i carri armati e i cannoni stipati gli uni accanto agli altri. Heinrici aveva stabilito che il terreno da bersagliare era l'ultimo chilometro e mezzo tra il canale Haupt-Graben e i piedi della scarpata, e Weidling aveva trincerato le vedette dell'artiglieria, le unitá di fanteria, i carri armati e i cannoni lungo l'intera linea delle alture. Il grosso dell'artiglieria era nascosto nelle gole, mentre le armi anticarro, tra cui i pezzi da 88 mm, coprivano tutte le possibili vie di ascesa al pendio. [...] Il canale arrestó definitivamente il languente assalto sovietico. "Le piene di primavera ne avevano fatto una barriera invalicabile per i nostri carri e cannoni semoventi" avrebbe scritto in seguito Čuikov. «I pochi ponti della zona erano sotto il fuoco dell'artiglieria e dei mortai nemici da dietro le Alture di Seelow e dei carri armati e cannoni semoventi trincerati, tutti ben mimetizzati". [...] Quando caló l'oscuritá Heinrici ritornó al suo posto di comando. Aveva trascorso gran parte della giornata viaggiando da un Quartier Generale all'altro lungo tutto il fronte, un percorso ostacolato da masse di profughi che affollavano le strade e impedivano il movimento di truppe e di veicoli blindati. Era stata una giornata di scontri selvaggi, con perdite terribili da entrambe le parti, ma gli uomini della *9. Armee* potevano dirsi orgogliosi di essere riusciti a trattenere l'immensa marea rossa. Il *56. Panzerkorps* di Weidling aveva messo fuori combattimento 150 carri armati e 132 aerei sovietici e aveva trasformato l'attacco di Čuikov e l'avanzata di Katukov con la *Prima Armata corazzata della guardia* [Žukov impiegò anche le sue riserve di 1.377 carri armati e semoventi, NdA] in un caos confuso e sanguinoso. Le Armate sovietiche sui due fianchi di Chuikov avevano fatto poco meglio, tanto che i tedeschi avevano riconquistato alcune posizioni sul margine meridionale delle alture e intorno a Francoforte. Era stato un giorno disastroso per Žukov, ma Heinrici non si faceva illusioni sulle prospettive delle proprie forze. "Non possono durare ancora molto" disse al suo Stato Maggiore. "Gli uomini sono cosí stanchi che hanno la lingua penzoloni. Eppure stiamo resistendo". [Prima che le linee tedesche tra l'Oder e il Neisse cedessero infine all'offensiva sovietica, tra il primo e il 19 aprile 1945 le perdite russe ammontarono a 2.807 corazzati, mentre per il solo possesso delle alture di Seelow Žukov perse 70.000 uomini, NdA].

Heinrici era figlio di un pastore protestante, Paul Heinrici; ed egli stesso era un uomo molto religioso, ciò lo mise spesso in attrito con il *Reichsmarschall* Göring e con Adolf Hitler stesso. La madre di Heinrici, Gisela von Rauchhaupt, era invece discendente di una delle più antiche famiglie della nobiltà militare prussiana, le cui radici risalgono al XII secolo. Solo nel 1800 si contano tra i ranghi degli Ufficiali della *Armee* tre Generali von Rauchhaupt (Hermann, Udo e Timon von Rauchhaupt).

Spange 1939 zum Eisernes Kreuz I Klasse 1914 il 16 giugno 1940
Spange 1939 zum Eisernes Kreuz II Klasse 1914 il 13 maggio 1940
Eisernes Kreuz I Klasse 1914 il 24 luglio 1915
Eisernes Kreuz II Klasse 1914 il 27 settembre 1914
Ritterkreuz des Kgl. Preuss. Hausordens von Hohenzollern mit Schwertern il 9 agosto 1918
Hamburgisches Hanseatenkreuz
Ritterkreuz II. Klasse des Grossherzoglich Sachsen-Weimarischen Hausordens der Wachsamkeit oder von weissen Falken mit Schwertern
Ritterkreuz II. Klasse des Herzoglich Sachsen-Ernestinischen Hausordens mit Schwertern

Grossherzoglich Sachsen-Coburg-Gothaisches Karl Eduard-Kriegskreuz
Grossherzoglich Sachsen-Coburg-Gothaische Karl Eduard-Medaille II. Klasse mit
Schwertern
Reussisches Ehrenkreuz III. Klasse mit Schwertern
Fürstl. Schwarzburgisches Ehrenkreuz III. Klasse mit Schwertern
K.u.K. Österr. Militär-Verdienstkreuz III. Klasse mit der Kriegsdekoration
Ehrenkreuz für Frontkämpfer
Wehrmacht-Dienstauszeichnung IV. - I. Klasse
Medaille "Winterschlacht im Osten 1941/1942"

SS-Obergruppenführer und General der Waffen-SS
FELIX MARTIN JULIUS STEINER

Nato il 23 maggio 1896 a Stallupönen a Gumbinnen in Prussia Orientale il 12 maggio 1966 a Monaco di Baviera.

Ritterkreuz des Eisernes Kreuz (166) il 15 agosto 1940 quale *SS-Oberführer* e comandante dell'*SS-Regiment "Deutschland"* della *SS-Verfügungs-Division*. La rapida avanzata offensiva fino a Vlissingen, avvenuta in tre giorni sfondando due forti postazioni difensive, fu certamente merito della ponderata direzione dell'*SS-Oberführer* Steiner. In quest'occasione, egli si era distinto personalmente in modo egregio e, grazie all'appoggio degli *Stuka*, era riuscito a disporre sul Canale di Beveland il *I.* e il *III. Abteilung*, e parti del *III.* sull'argine verso le isole Walcheren, nonostante fossero sotto il tiro dell'intensissimo fuoco nemico. Questo successo, colto rapidamente, aveva avuto un influsso durevole sugli scontri in Belgio, in particolare su quelli di Anversa. Steiner si era infine notevolmente distinto negli scontri avvenuti nel nord della Francia, sul canale di La Bassee e Lys e sul fronte meridionale, in particolare all'interno del *Gruppe von Kleist*, durante i tentativi di sfondamento francese a sud di Troyes e, in seguito, durante l'attacco contro Angoulême.

Eichenlaub (159) il 23 dicembre 1942 quale *SS-Gruppenführer und Generalleutnant der Waffen-SS* e comandante della *SS-Panzer-Grenadier-Division "Wiking"*. Ottenute per i decisivi successi riportati sul fronte Orientale, in particolare nel corso dei duri scontri dell'area di Terek. I successi ottenuti dalla Divisione sono da ricondursi in particolare all'instancabile e determinato impegno personale del *Divisionskommandeur*. Un'azione bellica particolarmente rilevante fu la liberazione della *13. Panzer-Division*, accerchiata presso Gisel. Quando, immediatamente prima di Natale del 1942, una Divisione della Guardia sovietica cercò di interrompere una strada di collegamento del *Korps* presso Tschikola, essa fu duramente sconfitta dal *III Bataillon* della *"Nordland"*.

Schwerter (86) il 10 agosto 1944 quale *SS-Obergruppenführer und General der Waffen-SS* e Generale Comandante del *III. (germ.) SS-Panzer-Korps*. In condizioni particolarmente difficili, Steiner aveva creato in Croazia la Divisione *"Nordland"* e la Brigata *"Nederland"*, addestrando le unità e nel contempo impiegandole in operazioni di controguerriglia. Quando le unità furono impiegate sul fronte Orientale, fu certamente anche merito del suo spirito di iniziativa e di sacrificio se tutti gli attacchi nemici portati dalla sacca di Oranienbaum furono sventati, nonostante le truppe fossero formate da soldati molto giovani e ancora inesperti. Lo sfondamento sovietico, avvenuto attraverso il fronte di Leningrado e di Oranienbaum nel gennaio del 1944, costituì nuovamente una gravissima minaccia per i reparti tedeschi. Fu da ascrivere alla tenacia di Steiner se i reparti del suo *Korps* riuscirono a restare saldamente in mano sua, e, in una continue battaglie di ripiegamento, resistettero fino a giungere alla Narva. Quando, nel luglio del 1944, iniziarono i gli attacchi della *2ª Armata d'assalto* sovietica, Steiner diede precisi ordini di rinforzare la difesa della *Tannenbergstellung*. Sebbene già dal 23 luglio 1944 il nemico, avvalendosi di forze notevolmente preponderanti dal punto di vista numerico e con il massiccio impiego di mezzi, tentasse giornalmente di attaccare il *III SS-Panzer-*

Korps (germ.), non riuscì mai a compiere lo sfondamento previsto. Questo successo difensivo fu il merito più rilevante dell'*SS-Obergruppenführer* Steiner; in complesso, nel corso delle diverse battaglie per Narva furono distrutti 1.020 corazzati sovietici dai *Grenadiere* e dai *PAK* della *"Langemarck"*, dell'*"Estland"*, del *"Norge"*, della *"Wallonien"*, dall'*SS-Panzer-Abteilung "Hermann von Salza"* della *"Nordland"*, e dai *Tiger* dello *schwere Panzer-Abteilung 502*: queste poche unità si erano opposte a undici Divisioni sovietiche, appoggiate da diverse unità corazzate. Il seguente è un resoconto della giornata decisiva degli scontri, il 29 luglio 1944, tratta dalla biografia di Remy Schrijnen, volontario fiammingo decorato della *Ritterkreuz* per aver distrutto con il suo *PAK 40* una dozzina di carri russi, tra i quali diversi *Josif Stalin*, durante la battaglia di Narva:

Il Generale Govorov voleva infine forzare una decisione. [...] Il punto focale dell'attacco era la collina del Granatiere, che rassomigliava ad un rovente inferno, mentre le bombe vi cadevano. Sulla strada per Tirtsu, più di cento carri armati sovietici rombarono verso le posizioni tedesche. L'artiglieria tedesca tirò salva su salva contro le formazioni attaccanti, ma esse, a dispetto di gravi perdite, continuarono ad avanzare. I superstiti norvegesi del 2° Battaglione, e i restanti fiamminghi, gli estoni della *20. SS-Grenadier-Division* e gli ultimi scampati di un Battaglione di Marina continaurono a combattere in piccoli gruppi. Tedeschi, fiamminghi, estoni, norvegesi e danesi, mai conosiutisi in precedenza, si trovarono assieme in posti di comando devastati, in bunker e crateri di bomba. Essi combatterono, dipendendo completamente solo da loro stessi. Non vi era alcun contatto tra di loro, né si aspettavano di ricevere ordini. Da tutte le parti vi erano fiamme infernali, scatenate da bombe e granate in arrivo. Dal lato est della collina dell'Orfanotrofio, i russi si avvicinarono alle loro posizioni. Ma proprio quando tutto ormai parve perso, l'artiglieria tedesca aprì un fuoco di sbarramento. Gli ultimi *Panzer* e *Sturmgeschütz* della *"Nordland"* attaccarono i russi. Non furono decisive in questa occasione le masse di soldati o di materiale, ma il coraggio e il rispetto della morte. I *Panzer* dell'*Obersturmbannführer* Kausch (*SS-Panzer-Abteilung 11 "Hermann von Salza"*) decisero la battaglia. [...] Questa aspra battaglia difensiva, che causò enormi perdite ad ambo le parti, era praticamente terminata. In quattro giorni, 113 carri armati russi erano stati messi fuori combattimento.

Steiner guidò quindi l'*Armeegruppe Steiner*, difendendo il settore di Libau dal novembre 1944 al gennaio 1945. Prese quindi il comando del *Panzer-AOK 11*, e nell'aprile 1945 del *III. (germ.) SS-Panzerkorps*, controllando Inoltre anche l'*Armeegruppe Steiner*, e riuscendo a tenere, seppur per poco tempo, le proprie posizioni nonostante la ormai inesorabile superiorità avversaria. Negli ultimi giorni di guerra condusse i suoi uomini verso ovest, cercando di evitargli la prigionia sovietica. Catturato il 3 maggio 1945, fu rilasciato nel 1948, divenendo uno dei fondatori della *HIAG*, e scrivendo diversi libri sulla *"Wiking"* e sulle *Waffen-SS*. Steiner fu uno dei protagonisti nella creazione delle unità di volontari stranieri delle *Waffen-SS*, ben comprendendone i risvolti umani e psicologici, oltre ad essere un eccellente tattico.

Citato nel *Wehrmachtbericht* del 1° agosto 1944
Deutsche Kreuz in Gold il 22 aprile 1942
Eisernes Kreuz I Klasse 1914 il 3 novembre 1917
Eisernes Kreuz II Klasse 1914 il 9 ottobre 1914
Spange 1939 zum Eisernes Kreuz I Klasse 1914 il 26 settembre 1939
Spange 1939 zum Eisernes Kreuz II Klasse 1914 il 17 settembre 1939

Verwundetenabzeichen in Schwarz il 13 settembre 1917
Verwundetenabzeichen in Silber, 1939
Ehrenkreuz für Frontkämpfer
Ehrendegen des Reichsführer-SS
Totenkopfring der SS
Julleuchter der SS il 16 dicembre 1935
Medaille zur Erinnerung an den 13 März 1938
Medaille zur Erinnerung an den 1 Oktober 1938 mit Spange "Prager Burg"
Medaille "Winterschlacht im Osten 1941/1942"
Croce della Libertà finlandese di I Classe con Spade il 16 giugno 1942
Croce della Libertà finlandese di I Classe con Stella e Spade il 6 luglio 1943

Generalmajor
ERICH BÄRENFÄNGER

Nato il 12 gennaio 1915 a Menden, in Westfalia, si toglie la vita il 1 maggio 1945 a Berlino.

Ritterkreuz des Eisernes Kreuz (1087) il 7 agosto 1942 quale *Oberleutnant* e *Führer* del *III./Infanterie-Regiment 123, 50. Infanterie-Division.* Nella notte tra il 29 ed il 30 giugno 1942, presso Sebastopoli, l'*Oberleutnant* Bärenfänger prese possesso, col suo Battaglione, di un'importante serie di bunker. Questa azione fu l'inizio dell'attacco della *50. Infanterie-Division*, che il 30 giugno raggiunse il limitare sudorientale di Sebastopoli. Nel novembre 1941 Bärenfänger e i suoi uomini, in un attacco alla Quota 158.7, avevano sorpreso e distrutto un intero Reggimento d'artiglieria sovietico. Nei combattimenti successivi Bärenfänger, già ferito in precedenza da frammenti di granata nel 1940 e dall'esplosione di una mina nel 1941, che aveva fatto saltare in aria il veicolo sul quale viaggiava, era ferito da schegge nel ginocchio, al volto e in ambo le gambe. Bärenfänger fu ferito sette volte, delle quali tre da schegge di proiettili d'artiglieria, con ferite multiple, e una da schegge di granata.

Eichenlaub (243) il 17 maggio 1943 quale *Hauptmann* e Comandante del *III./Grenadier-Regiment 123, 50. Infanterie-Division.* Bärenfänger fu insignito delle *Eichenlaub* per gli scontri di Terek, per l'acume tattico e per l'inusitato valore dimostrato durante i difficili movimenti di ripiegamento nella testa di ponte del Kuban. Dopo che gli furono assegnate le *Eichenlaub*, egli difese la penisola di Taman per un giorno intero, con soli duecento *Grenadiere*, dai ripetuti attacchi di tremila fanti sovietici e ventiquattro carri armati.

Schwerter (45) il 23 gennaio 1944 quale *Major* e Comandante del *III./Grenadier-Regiment 123, 98. Infanterie-Division.* Tra il 13 ed il 17 novembre e tra il 4 e il 6 dicembre 1943, il Maggiore Bärenfänger arrestò più di quaranta attacchi sulla penisola di Kertsch, rimanendo al fianco dei propri soldati nonostante avesse subìto il suo sesto e settimo ferimento. Durante l'offensiva sovietica, che ebbe inizio il 10 gennaio 1944, egli riconquistò un'importante altura e mantenne il possesso delle Quote 125.6 e 133.3, a nordest di Bulganak. Le *Schwerter* furono consegnate a Bärenfänger il 13 febbraio 1944 direttamente da Adolf Hitler nel *Führerhauptquartier* di Rastenburg. In seguito fu nominato ispettore della *Hitlerjugend*, espletando questo incarico sino all'aprile 1945. Incaricato della difesa di un settore della città di Berlino (*Verteidigungsbereich A* e prima *B,* zona est di Berlino), il 28 aprile 1945 Bärenfänger, appena trentenne, fu nominato *Generalmajor* per ordine diretto di Adolf Hitler, saltando il grado di *Oberst*. Dopo duri combattimenti e visto il fallimento dei tentativi dei superstiti del suo *Kampfgruppe* di sfondare l'accerchiamento sovietico, Bärenfänger si toglieva la vita assieme alla moglie il primo maggio 1945 presso la Stazione della metropolitana *"Prenzlauer Berg"*.

Deutsche Kreuz in Gold il 26 dicembre 1941 quale *Leutnant der Reserve* e *Führer* della *7. Kompanie, Infanterie-Regiment 123.*
Ehrenblattspange il 14 agosto 1942 quale *Oberleutnant* e *Führer* del *III. Bataillon, Infanterie-Regiment 123*, conferita per le sue azioni a Sebastopoli il 7 giugno 1942.

Eisernes Kreuz II Klasse 1939 il 12 giugno 1940
Eisernes Kreuz I Klasse 1939 il 21 giugno 1940
Verwundetenabzeichen, in Schwarz il 1 luglio 1940
Verwundetenabzeichen, in Silber il 9 agosto 1941
Verwundetenabzeichen, in Gold il 10 gennaio 1942
Infanterie-Sturmabzeichen in Silber il 23 luglio 1941
SA-Sportabzeichen il 12 novembre 1934
Deutsches Reichssportabzeichen
Croce di Cavaliere dell'Ordine rumeno della Corona con Spade il 13 agosto 1941
Medaglia al Valor Militare di 4ª classe bulgara il 7 febbraio 1942
Medaglia commemorativa "Crociata contro il Comunismo" rumena il 23 maggio 1942
Medaille "Winterschlacht im Osten 1941/1942" il 5 agosto 1942
Krimschild il 2 novembre 1942

Riserva dell'OKW (in seguito alle dipendenze del LVI Panzerkorps, 9. Armee)

18. Panzergrenadier Division (Magg. Gen. Josef Rauch)
30. e 51. Panzergrenadier Rgt.
118. Panzer Rgt. (elementi)
18. Artillerie Rgt.

Armeegruppe 'Vistola' (Col. Gen. Gotthard Heinrici)

<u>III SS (germanische) Panzer Korps</u>
(Ten. Gen. SS Felix Steiner)
(Divisioni in seguito alle dipendenze della 9. Armata)
11. SS Panzergrenadier Division "Nordland"
(Magg. Gen. SS Jurgen Ziegler / Magg. Gen. SS Dr Gustav Krukenberg)
23. Panzergrenadier Regt 'Norge'
24. Panzergrenadier Regt 'Danmark'
11. SS Panzer-Abt. 'Hermann von Salza'
SS schwere Panzer-Abt. 503
11. SS Panzer-Aufkl.-Abt. 'Nordland'
23. SS Panzergrenadier Division 'Nederland'
(Magg. Gen. SS Wagner) (poi assegnata alla 3. Panzer Armee)
27. SS Grenadier Division 'Langemarck'
28. SS Grenadier Division 'Wallonien'

3. Panzer Armee (Gen. Hasso von Manteuffel)
Korps <u>'Swinemunde'</u> (Ten. Gen. Ansat)
402. Einsatz-Division e 2. Marine-Infanterie-Division
<u>XXXII Corps</u> (Ten. Gen. Schack)
Infanterie-Division 'Voigt' e 281. Infanterie-Division
549. Volksgrenadier Division
Guarnigione della piazzaforte di Stettino
Korps <u>'Oder'</u> (Ten. Gen. SS von dem Bach – Gen. Hörnlein)
610. Infanterie-Division e 'Klossek' Infanterie-Division
<u>XXXXVI Panzer Korps</u> (Gen. Martin Gareis)
547. Volksgrenadier Division
1. Marine-Infanterie-Division

9. Armee (Gen. Theodor Busse)

156. Infanterie-Division
541. Volksgrenadier-Division
404. Volks-Artillerie-Korps
406. Volks-Artillery-Korps
408. Volks-Artillerie-Korps

CI Korps (Gen. Wilhelm Berlin / Ten. Gen. Friedrich Sixt)
5. Leichte Infanterie-Division
606. Infanterie-Division
309. Infanterie-Division "Berlin"
25. Panzergrenadier-Division
111. Lehr StuG-Brigade
Kampfgruppe '1001 Nachte'

LVI Panzer Korps (Gen. Helmuth Weidling)
9. Fallschirmjäger Division
(Gen. Bruno Braüer / Col. Harry Herrmann)
Fallschirmjäger Regt. 25, 26 e 27
Fallschirmjäger Artillerie Regt. 9
20. Panzergrenadier Division (Magg. Gen. Georg Scholze)
Panzergrenadier Regt. 76 e 90
Panzer Abt. 9
Artillerie Regt. 20
Panzer Division 'Müncheberg'
(Magg. Gen. Werner Mummert)
Panzergrenadier Regt 1 e 2 'Müncheberg'
Panzer Regt 'Müncheberg'
Panzer-Artillerie-Regt. 'Müncheberg'
920. StuG Lehr Brigade
XI SS Panzer Korps (SS Gen. Mathias Kleinheisterkamp)
303. Infanterie Division 'Döberitz'
169. Infanterie Division
712. Infanterie Division
Panzergrenadier Division 'Kurmark'
SS schwere Panzer Abteilung 502
Guarnigione di Frankfurt an der Oder
(Magg. Gen. Ernst Biehler)
V SS Gebirgs Korps (SS Gen. Friedrich Jackeln)
286. Infanterie Division
32. SS Volksgrenadier Division '30. Januar'
391. Sicherungs Division
561. SS Jagdpanzer Abt.

Gruppo d'Armate Centro (Feldmar. Ferdinand Schörner)

4. Panzer Armee (Gen. Fritz-Herbert Gräser)
(poi trasferita alla 9. Armee)
V Korps (Ten. Gen. Wagner)
35. SS und Polizei Grenadier Division
36. SS Grenadier Division
275. Infanterie Division

342. Infanterie Division
21. Panzer Division

12. Armee (Gen. Walter Wenck)
<u>XX Korps</u> (Gen. Carl-Erik Koehler)
RAD Division 'Theodor Körner'
Infanterie Division 'Ulrich von Hutten'
Infanterie Division 'Ferdinand von Schill'
Infanterie Division 'Scharnhorst'
<u>XXXIX Panzer Korps</u> (Ten. Gen. Karl Arndt)
(dal 12 al 21 aprile 1945 alle dirette dipendenze dell'OKW con il seguente organigramma)
Panzer Division 'Clausewitz'
RAD Division 'Schlageter'
84. Infanterie Division
(dal 21 al 26 aprile 1945 alle dirette dipendenze della 12. Armee con il seguente organigramma)
Panzer Division 'Clausewitz'
84. Infanterie Division
Reserve Infanterie Division 'Hamburg'
Infanterie Division 'Meyer'
<u>XXXXI Panzer Korps</u> (Ten. Gen. Holste)
Infanterie Division 'von Hake'
199. Infanterie Division
'V-Waffe' Infanterie Division
1. HJ Panzervernichtungs Brigade
Jagdpanzer Brigade 'Hermann Göring'
<u>XXXXVIII Panzer Corps</u>
(Gen. Maximillian Reichsherr von Edelsheim)
14. Flak Division
Kampfgruppe 'Leipzig'
Kampgruppe 'Halle'

Unità indipendenti

RAD Division 'Friedrich Ludwig Jahn'
(Col. Gerhard Klein / Col. Franz Weller)
Infanterie Division 'Potsdam' (Col. Erich Lorenz)

Le unità sono elencate in ordine di schieramento da nord a sud, alla data del 16 aprile 1945.

2° FRONTE UCRAINO (Maresciallo K. K. Rokossovsky)

2ª Armata (Col. Gen. I. I. Fedyurinsky)
108° e 116° Corpo Fucilieri

65ª Armata (Col. Gen. P. I. Batov)
18°, 46° e 105° Corpo Fucilieri

70ª Armata (Col. Gen. V. S. Popov)
47°, 96° e 114° Corpo Fucilieri

49ª Armata (Col. Gen. I. T. Grishin)
70° e 121° Corpo Fucilieri
191ª, 200ª e 330ª Divisione Fucilieri

19ª Armata
40° Corpo della Guardia, 132° e 134° Corpo Fucilieri

5ª Armata Corazzata della Guardia
29° Corpo Corazzato
1ª Brigata Corazzata e 4ª Brigata Meccanizzata

4ª Armata Aerea (Col. Gen. K. A. Vershinin)
4° Corpo d'Assalto, 5° Corpo Bombardieri e 8° Corpo Caccia

1° FRONTE UCRAINO (Maresciallo G. K. Zhukov)

61ª Armata (Col. Gen. P. A. Belov)
9° Corpo della Guardia, 80° e 89° Corpo Fucilieri
1ª Armata Polacca (Ten. Gen. S. G. Poplowski)
1ª, 2ª, 3ª, 4ª e 6ª Divisioni Polacca Fanteria
1ª Brigata Polacca Cavalleria
4ª Brigata Polacca Carri Pesanti
13ª Brigata Polacca Artiglieria Semovente d'Assalto
7° Gruppo Polacco Artiglieria d'assalto

47ª Armata (Ten. Gen. F. I. Perkhorovitch)
77°, 125° e 129° Corpo Fucilieri

70° Reggimento Corazzato Indipendente della Guardia
334°, 1204°, 1416°, 1825° e 1892° Reggimento Artiglieria Semovente d'Assalto

3ª Armata d'Assalto (Col. Gen. V. I. Kutznetsov)
7° Corpo Fucilieri (Magg. Gen. V. A. Christov / Col. Gen. Y. T. Chyervichenko)
146ª, 265ª e 364ª Divisione Fucilieri
12° Corpo Fucilieri della Guardia (Ten. Gen. A. F. Kazanin / Magg. Gen. A. A. Filatov)
23ª Guardia, 52ª Guardia e 33ª Divisione Fucilieri
79° Corpo Fucilieri (Magg. Gen. S. I. Perevertkin)
150ª Divisione Fucilieri (Magg. Gen. V. M. Shatilov)
469°, 674° e 756° Reggimento Fucilieri
171ª Divisione Fucilieri (Col. A. P. Negoda)
380°, 525° e 783° Reggimento Fucilieri
207ª Divisione Fucilieri (Col. V. M. Asafov)
594°, 597° e 598° Reggimento Fucilieri
9° Corpo Corazzato (Ten. Gen. I. F. Kirichenko)
23ª, 95ª e 108ª Brigata Corazzata
8° Reggimento Fucilieri Motorizzato
1455° e 1508° Reggimento Artiglieria Semovente d'Assalto

5ª Armata d'Assalto (Gen. N. E. Berzarin)
9° Corpo Fucilieri (Magg. Gen. I. P. Rossly)
230ª, 248ª e 30ª Divisione Fucilieri
26° Corpo della Guardia (Magg. Gen. P. A. Firsov)
89ª della Guardia, 94ª della Guardia e 266ª Divisione Fucilieri
32° Corpo Fucilieri (Ten. Gen. D. S. Zherebin)
60ª della Guardia, 295ª e 416ª Divisione Fucilieri
11ª, 67ª della Guardia e 220ª Brigata Corazzata
92° Reggimento Corazzato Indipendente
396° della Guardia e 1504° Reggimento Artiglieria Semovente d'Assalto

8ª Armata della Guardia (Col. Gen. V. I. Chuikov)
4° Corpo Fucilieri della Guardia (Ten. Gen. V. A. Glazonov)
35ª, 47ª e 57ª Divisione Fucilieri della Guardia
28° Corpo Fucilieri della Guardia (Ten. Gen. V. M. Shugeyev)
39ª, 79ª e 88ª Divisione Fucilieri della Guardia
29° Corpo Fucilieri della Guardia (Magg. Gen. P. I. Zalizyuk)
27ª , 74ª e 82ª Divisione Fucilieri della Guardia
7ª Brigata Corazzata della Guardia
84° della Guardia, 65° della Guardia e 259° Reggimento Corazzato Indipendente
371°, 374° della Guardia, 694°, 1026°, 1061°, 1087° e 1200° Reggimento Artiglieria
Semovente d'Assalto

69ª Armata (Col. Gen. V. Y. Kolpakchi)
25°, 61° e 91° Corpo Fucilieri
117ª e 283ª Divisione Fucilieri

68ª Brigata Corazzata
12ª Brigata Artiglieria Semovente d'Assalto
344° della Guardia, 1205°, 1206° e 1221° Reggimento Artiglieria Semovente d'Assalto

33ª Armata (Col. Gen. V. D. Svotaev)
16°, 38° e 62° Corpo Fucilieri
2° Corpo di Cavalleria della Guardia
95ª Divisione Fucilieri
257° Reggimento Corazzato Indipendente
360° e 361° Reggimento Artiglieria Semovente d'Assalto

16ª Armata Aerea (Col. Gen. S. I. Rudenko)
6° e 9° Corpo Aereo d'Assalto
3° e 6° Corpo Aereo da Bombardamento
1° della Guardia, 3°, 6° e 13° Corpo Aereo da Caccia
1ª della Guardia, 240ª, 282ª e 286ª Divisioni Aeree da Caccia
2ª e 11ª Divisioni Aeree d'Assalto della Guardia
113ª, 183ª, 188ª e 221ª Divisioni Aeree da Bombardamento
9ª della Guardia e 242ª Divisioni Aeree da Bombardamento notturno
16° e 72° Reggimento Aereo da Ricognizione
93° e 98° Reggimento Aereo Osservatori
176° Reggimento Aereo da Caccia della Guardia
226° Reggimento Aereo da Trasporto

18ª Armata Aerea (Maresciallo Capo delle Forze Aeree A. Y. Golovanov)
1° della Guardia, 2°, 3° e 4° Corpo Aereo da Bombardamento
45ª Divisione Aerea da Bombardamento
56ª Divisione Aerea da Caccia
742° Reggimento Aereo Ricognitori

1ª Armata Corazzata della Guardia (Col. Gen. M. Y. Katukov)
<u>8° Corpo Meccanizzato della Guardia</u> (Magg. Gen. I. F. Drygemov)
19ª, 20ª e 21ª Brigata Meccanizzata della Guardia
1a Brigata Corazzata della Guardia
48° Reggimento Corazzato della Guardia
353° e 400° Reggimento Artiglieria Semovente d'Assalto della Guardia
8° Battaglione Motociclista della Guardia

<u>11° Corpo Corazzato della Guardia</u> (Col. A. H. Babadshanian)
40ª, 44ª e 45ª Brigata Corazzata della Guardia
27ª Brigata Meccanizzata della Guardia
362°, 399° della Guardia e 1454° Reggimento Artiglieria Semovente d'Assalto della Guardia
9° Battaglione Motociclista della Guardia

<u>11° Corpo Corazzato</u> (Magg. Gen. I. I. Jushuk)
20ª, 36ª e 65ª Brigata Corazzata

12ª Brigata Motorizzata Fucilieri
50° Reggimento Corazzato della Guardia
1461° e 1493° Reggimento Artiglieria Semovente d'Assalto della Guardia
64ª Brigata Corazzata della Guardia
19ª Brigata Artigliera Semovente d'Assalto
11° Reggimento Corazzato della Guardia (Indipendente)
12° Battaglione Motociclista della Guardia

2ª Armata Corazzata della Guardia (Col. Gen. S. I. Bogdanov)
<u>1° Corpo Meccanizzato </u>(Ten. Gen. S. I. Krivosheina)
19ª, 35 ª e 37ª Brigate Meccanizzate
219ª Brigata Corazzata
347° della Guardia, 75° e 1822° Reggimento Artiglieria Semovente d'Assalto
57° Battaglione Motociclista
<u>9° Corpo Corazzato della Guardia </u>(Magg. Gen. A. F. Popov)
47ª, 50ª e 65ª Brigate Corazzate della Guardia
33ª Brigata Meccanizzata della Guardia
341°, 369° e 386° Reggimento Artiglieria Semovente d'Assalto della Guardia
17° Battaglione Motociclista della Guardia
<u>12° Corpo Corazzato della Guardia </u>(Magg. Gen. M. K. Teltakov / Col. A. T. Shevchen-ko)
48ª, 49ª e 66ª Brigate Corazzate della Guardia
34ª Brigata Meccanizzata della Guardia
79° Reggimento Corazzato della Guardia
387° e 393° Reggimento Artiglieria Semovente d'Assalto della Guardia
6° Reggimento Corazzato indipendente della Guardia
5° Reggimento Motociclista della Guardia
16° Battaglione Motociclista della Guardia

3ª Armata (Col. Gen. A. V. Gorbatov)
35°, 40° e 41° Corpo Fucilieri
1812°, 1888° e 1901° Reggimento Artiglieria Semovente d'Assalto
2°, 3° e 7° Corpo Cavalleria della Guardia
3° e 8° Corpo Corazzato della Guardia
244° Reggimento Corazzato indipendente
31°, 39°, 51° e 55° Battaglione Treni Blindati indipendente

1° FRONTE UCRAINO (Maresciallo I. S. Koniev)

3ª Armata della Guardia (Col. Gen. V. N. Gordov)
21°, 76° e 120° Corpo Fucilieri
25° Corpo Corazzato
389° Divisione Fucilieri
87° Reggimento Corazzato indipendente della Guardia
938° Reggimento Artiglieria Semovente d'Assalto

13ª Armata (Col. Gen. N. P. Phukov)
24°, 27° e 102° Corpo Fucilieri
88° Reggimento Corazzato indipendente
327°, 372° della Guardia, 768° e 1228° Reggimento Semovente d'Assalto

5ª Armata della Guardia (Col. Gen. A. S. Zhadov)
32°, 33° e 34° Corpo Fucilieri della Guardia
4° Corpo Corazzato della Guardia

2ª Armata Polacca (Ten. Gen. K. K. Swiersczewski)
5ª, 7ª, 8ª, 9ª e 10ª Divisione Fanteria polacca
1° Corpo Corazzato polacco
16ª Brigata Corazzata polacca
5° Reggimento Corazzato indipendente polacco
28° Reggimento Artiglieria Semovente d'Assalto polacco

52ª Armata (Col. Gen. K. A. Koroteyev)
48°, 73° e 78° Corpo Fucilieri
7° Corpo Meccanizzato della Guardia
213ª Divisione Fucilieri
8ª Brigata Artiglieria Semovente d'Assalto
124° Reggimento Corazzato indipendente
1198° Reggimento Artiglieria Semovente d'Assalto

2ª Armata Aerea (Col. Gen. S. A. Krasovsky)
1° della Guardia, 2° della Guardia e 3° Corpo Aereo d'Assalto
4° e 6° Corpo Aereo da Bombardamento
2°, 5° e 6° Corpo Aereo da Caccia
208ª Divisione Aerea Bombardamento Notturno
98° e 193° Reggimento Aereo Ricognizione della Guardia
222° Reggimento Aereo da Trasporto

3ª Armata Corazzata della Guardia (Col. Gen. P. S. Rybalko)
6° Corpo Corazzato della Guardia (Magg. Gen. V. A. Mitrofanov)
51ª, 52ª e 53ª Brigata Corazzata della Guardia
22ª Brigata Motorizzata Fucilieri della Guardia
385° della Guardia, 1893° e 1894° Reggimento Artiglieria Semovente d'Assalto
3° Battaglione Motociclista della Guardia
7° Corpo Corazzato della Guardia (Magg. Gen. V. V. Novikov)
54ª, 55ª & 56ª Brigate Corazzate della Guardia
23ª Brigata Motorizzata Fucilieri della Guardia
384° della Guardia, 702° e 1977° Reggimento Artiglieria Semovente d'Assalto
4° Battaglione Motociclista della Guardia
9° Corpo Meccanizzato (Ten. Gen. I. P. Suchov)
69ª, 70ª e 7ª Brigata Meccanizzata
91ª Brigata Corazzata
383° della Guardia, 1507° e 1978° Reggimento Artiglieria Semovente d'Assalto

100° Battaglione Motociclista
16ª Brigata Artiglieria Semovente d'Assalto
57° della Guardia e 90° Reggimento Corazzato Indipendente
50° Reggimento Motociclista

4ª Armata Corazzata Guardia (Col. Gen. D. D. Lelyushenko)
5° e 6° Corpo Meccanizzato della Guardia
10° Corpo Corazzato della Guardia
68ª Brigata Corazzata della Guardia
70ª Brigata Artiglieria Semovente d'Assalto della Guardia
13° e 119° Reggimento Corazzato Indipendente della Guardia
7° Reggimento Motociclista della Guardia

28ª Armata (Ten. Gen. A. A. Luchinsky)
20°, 38° della Guardia e 128° Corpo Fucilieri

31ª Armata
1° Corpo di Cavalleria della Guardia (Ten. Gen. V. K. Baranov)
152ª Brigata Corazzata
98° Reggimento Corazzato Indipendente
368° della Guardia, 416° e 1976° Reggimento Artiglieria Semovente d'assalto
21°, 45°, 49° e 58° Battaglione Treni Blindati Indipendente

Indice

www.ingramcontent.com/pod-product-compliance
Lightning Source LLC
Chambersburg PA
CBHW081103300726
48976CB00011B/2711